不肖・宮嶋　史上最低の作戦

宮嶋茂樹

文藝春秋

文春文庫 PLUS

まえがき

私が不肖・宮嶋茂樹である。本来ならば、ここで自分のことについて紹介などするのが決まりなのであろうが、宮嶋茂樹といってわからないヤカラに、くだくだと説明するのは、私の生きざまに反する。

ただ、ひとつだけ言っておきたい。多くのヒトは初耳かもしれないが、私はカメラマンである。最近、テレビやラジオから依頼されて出演したり、講演を頼まれたりすることがしばしばあり、そのたび、カメラマンと聞いて「エーッ!」と驚く手合いがいる。私のことを自衛隊関係者だとか、右翼団体構成員だとか信じているのはマシな方で、コミック・ライター、甚だしきは、カメラをさげたコメディアンだと思い込んでいる人々もいた。この単行本も太田出版から出したので、たけし軍団の一員だと信じるヒトが出現するのではないかと、それだけが心配である。

本書は、地理的には北朝鮮から、モザンビーク。気候的には、零下二十度の八甲田山から、四十度の赤道直下まで、この不肖・宮嶋が体を張って駆け巡った記録である。なにしろ、これだけの、過酷な状況下での記録である。よほどタフな機械でも壊れるように、私の記憶中枢が時々故障した部分もある。しかし、この記録すべてが、イイカゲンでデタラメで大ボラでデッチアゲだと思うヤカラは、わがベネリーM3スーパー90の銃口の前にツユと消えるであろう。

ここ数年の海外情勢の激動ぶりは御存知の通りである。そして、それをも上回る数々の事件が国内を揺るがした。したがって、文章の中には、現在の見地から見れば旧聞にして、いささか適合していないところもあるかもしれないが、敢えて直さなかった。この調子だと、直したところで、来月にはまたどうなっているのかもわからないからである。

もっとも、どこまでがホントで、どこからが妄想なのか、自分でもよくわからない私の文章に、むしろ世の中の方がついてきているのではないかという気がして、空恐ろしくなる今日このごろである。

うむ。時代は今、宮嶋茂樹なのである。

不肖・宮嶋　史上最低の作戦＊目次

第一章　不肖・宮嶋、世界に跳べり

史上最低の作戦ノルマンディーに上陸しました!

ああ、ついに発せられたのである。恐るべき指令は発せられたのである。不肖・宮嶋、日の出《いず》る国に生を享《う》けて三十余年。数多《あまた》の死地をくぐり抜け、無頼な人生を送ってきた。死を見ること帰するが如き人生であった。明け方に離婚届けにハンを押せと言われた時も、私は眉ひとつ動かすことはなかった。あるカメラ・メーカーの別々のセクションの女に手をつけ、それがバレて修羅場になっている最中に、人事異動でその二人が隣どうしの机になるという、悪魔でも思いつかぬような事態にも、私はただしばらく海外に逃げただけであった。

しかし、今回『マルコポーロ』から発せられた恐るべき指令には、私も一瞬躊躇《ちゅうちょ》した。

返本されてアパートに死ぬほど積んである拙著『ああ、堂々の自衛隊』[*1]を愛車ベンツに積み込み行商しつつ逃亡生活を送ろうかと考えたくらいであった。

話は数カ月前に遡《さかのぼ》る。いつものように、新聞の国際面でシブくネタを拾っていた私は、驚愕すべき記事に行き当たった。第二次大戦の帰趨《きすう》を決めたノルマンディー上陸五十周年を記念して、当時の連合国が現地で記念式典を行うというのである。なんという傲岸《ごうがん》、何という破廉恥《はれんち》。勝てば官軍ここに極まれり。では、何か。わが国も二〇三高地攻略記念とかバルチック艦隊撃滅記念とかやってかまわないというのであろうか。要するに、奴らは最後の戦争で勝ったというだけではないか。

ノルマンディーでは独軍は連合軍をはるかに上回る三十万人が死んでいるのである。同じ枢軸のわが皇軍は、Dデーの六月六日はまさにインパールの泥沼の中だったのである。南方方面軍司令官河邊《かわべ》中将が、第十五軍司令官牟田口《むたぐち》中将を訪ね、作戦続行の是非を問うていた日なのである。枢軸側も招いて共同の慰霊ならまだしも、戦勝記念とは！

こういうものに天誅《てんちゅう》をくだす雑誌といえば、『週刊文春』が一番である。しかし、このグラビアは、かの「出版界のシャイロック」Nドケチ・デスクに牛耳られていた。

＊1【ああ、堂々の自衛隊】 宮嶋茂樹先生の処女作。クレスト社からの刊行。堂々の1万7000冊が売れ、先生はこれで金色のベンツAMGを買った。読者からきた膨大なハガキの山は、この日本にまだいかに危険人物が存在するかがわかる貴重な資料。

私が、[*2]カンボジアで野宿をしたのも彼が宿泊費を出さなかったからであった。私が、[*3]十六日間も輸送艦の船底でゲロまみれになっていたのも、彼が飛行機代を出さなかったからであった。

　誰が、あんな所をたよるものか。男子三日見ざれば刮目《かつもく》して見るべし。私とて少しは学習するのである。同じ文藝春秋でももっとカネを出しそうな『マルコポーロ』に出頭した私は、編集部に入るなり言った。「あのぉ、オイシイ話があるんでっけど」「あ、そう。言ってごらん」

　この目を疑った。顔を上げた私の前に、ニマーッと笑うシャイロックの姿があった。ああ、人事異動はなぜかくも私の人生を狂わせるのであろう。もうこうなれば、私はヘビの前のカエルである。気がついた時には、いつものような条件で取材の約束をさせられていた。飛行機はバッタ売りのディスカウント・チケット、現地取材費はスズメの涙。

「車をやとう？　アホか。何寝ぼけとんじゃ。レンタカー借りんかい。ホテルの予約？　予約でけるようなとこは高いに決まっとるやろ。現地に行けば宿はいくらでもあるって。大丈夫、大丈夫。おフランスってそういうものよ。セ・ビアン。ボクを誰だと思ってんのよ。え？　大学は仏文科、パリ留学のおフランス帰りよ。大丈夫、大丈夫。10万円も持ってけば楽勝、楽勝」

ありがたいお言葉である。彼がそんなにフランス通だとは知らなかった私は、深く自分を恥じた。さすがは策士である。彼はその動揺を見逃さずに、私の愛国の至誠に訴えてきた。

「それにしても、連合国はふざけとんのう、宮嶋」「まったくです」「ここは、一発ガーンとやらなあかんのお、おまえならどうする?」

不肖・宮嶋、数多の皇軍の戦跡を訪ね、水漬《みづ》く屍《かばね》、草むす屍を見てきた。もし、天に利あってかの大戦負けずんば、彼らに英国海峡の水を見せることもできたであろう。思わず、いずまいを正して私は答える。

「せめて、現地に日章旗を掲げたいと思います」「よく言った、宮嶋!」Nデスクは重々しく頷《うなず》くと、私の肩に手を置いた。「単身行かせてまことに申し訳ないが、君が日章旗を振る雄姿を、是非百万マルコポーロ読者に見せてやってくれ」(ホントにこう言

＊2 **［カンボジアで野宿］** 自衛隊タケオ基地の門前に掘立小屋をたて、19日間の野宿を敢行した。広報担当の太田三佐や、地元の屋台ではたらく美少女オナニーの温かな支援ぶりは、いまでも現地で伝説となって残り、小屋には参拝の人々が跡をたたないという。詳しくは前出『ああ、堂々の自衛隊』に。「買ってね」(「」内は宮嶋発言、以下同)
＊3 **［十六日間も輸送艦の船底でゲロまみれに］** 自衛隊PKO部隊と共に輸送艦『みうら』に単身乗り込み、カンボジア・コンポンソムへ。詳しくは、前出『ああ、堂々の自衛隊』に。「買ってね」

った)。「ハッ!」頷く私。「そうだ、ただ振ってもつまらん。旧ドイツ軍の砲台跡で振れ。そうそう、ドイツ兵の恰好もすればいい。同盟独軍三十万の英霊もさぞかし喜ぶだろう」(ホントにホントにこう言った)

不肖・宮嶋、物心ついて以来、組み立てるプラモデル[*4]といえば、ドイツのパンツァー戦車のみであった。読みふけるのはロンメル[*5]の伝記であった。その私がここまで言われて断るわけがないという、Nデスクの悪魔の陰謀であった。

「ハッ、たとえこの身が『クレイジー・ジャパニーズ』とCNNに中継され、国際問題になろうとも、必ずドイツ軍砲台の上でドイツ兵の恰好で日章旗を振って参ります」

時に帝都は青葉の季節に別れを告げ、梅雨の走りに宮城の緑が鮮やかなころであった。

宿舎のなきをいかんせん
意思の疎通をいかんせん
たとえ野に臥《ふ》し朽《く》ちるとも
日本男子の誇りあり

兵要地誌こそは作戦の基本である。だが、単身乗り込むこの宮嶋に、その援護はなかった。手にあるのはただ、中学の時から使っている『世界地図帳』のみであった。しかし、それにしても、誰が予期するであろう、ノルマンディー海岸の長さが200キロもあろうとは。せいぜい、わが故郷明石に近く、毎年海水浴に行っていた須磨海岸くらいかと思っていた私が迂《う》闊《かつ》であった。そのノルマンディーの海岸に沿って、私は車を駆る。

車はパリで借りたルノー。

暁雲《ぎょううん》の下、見よはるか
起伏はてなき幾山河《いくさんが》

思わず「関東軍軍歌」が口をついて出る。彼も大陸、ここも大陸。あたり全てが敵であることも同じである。不肖・宮嶋単身ここにあって、わが身を、かの福島安正少佐に擬する。明治二十六年、仮想敵国であるロシアを含むユーラシア大陸を一年四カ月かけて単騎横断した英雄である。この私が、今回の壮途にあたり、その著書を読み、行動を学んだのは当然であろう。敵中深く潜伏する軍事間諜。わが腹部には、日の丸が巻き付けられている。たとえこの一命落とすとも、国旗だけは護《まも》らねばならぬ。本来なら、皇軍の軍旗のように、いざという時のために爆薬を一緒に仕掛けたいところだが、検問である。

＊4 ［プラモデル］ 父親もプラモデルが好きで、息子の茂樹に学校を休ませて、一緒にプラモの戦車に色を塗っていたという。今日の宮嶋があるのは、こうした英才教育のたまものである。

＊5 ［ロンメルの伝記］ 教科書は読まなくても、こうした伝記モノや、雑誌『丸』や『軍事研究』を読みまくった。しかし、戦記モノは、大東亜戦争ではミッドウェーまで、ヨーロッパ戦線では、スターリングラードとノルマンディーまでしか読まず、枢軸が負けはじめると、本を投げ出すので、彼の知識はそこまでしかない。

旗よりむしろそちらで逮捕されるおそれがあるので断念したのであった。

孤立無援の私に、天はすでにさまざまな試練を下したもうていた。日本出国直前に、システム手帳をなくし、一切の連絡先が不明になっていた。バッタ売りチケットのせいで重量オーバーで別送にした機材は、地球上のどこかへ行ってしまった。唯一のたよりだったVISAカードは磁気が狂って、使用不可能になっていた。もっとも、もともと口座に金はないが、帰国するまでは騙《だま》くらかせるはずであった。

懐中5万円ばかり。これがなくなれば、フランスでの連絡先もなくした私は、文字通り乞食である。カンボジアは乞食に優しかったが、あれは国全体が乞食のようなものだったからである。ここは敵地であり、文明国である。しかも、移民に厳しいフランスである。一旦乞食となればたちまち右翼・人民戦線につかまり、アルジェリアあたりへ放りだされるであろう。

海岸に沿ってムヤミに走っているには理由《わけ》がある。とにかく、宿がないのである。聞けば、今回の行事のために主要な宿は何年も前から予約されているとのこと。VIPでも泊まれずに困っているらしい。「大丈夫、大丈夫」と太鼓判を押したNデスクは、いまごろそんなことなど忘れて、いつものように『内外タイムス』の三行エロ広告に電話しているのであろう。別に行きたいのではないのである。値段をねぎる練習をしているのである。治にあって乱を忘れず。シャイロックとまで呼ばれるには陰にかような努力がある。まことに頭の下がることである。

宿の看板を見ると片っ端から当たって見るが、まず言葉が通じない。私の鋭敏な頭脳は、フランス人がかくも自国語しか使わないのは、かつての薩摩のように、スパイ潜入を阻止するために違いないと確信した。

この私が、かかる事態を想定せぬはずがあろうか。私は、トランクの隠しポケットから秘密兵器を取り出した。電子手帳である。しかも、音声でしゃべるのである。わが日本のハイテクが、フランスの秘密主義を撃退するのである。戦後五十年、臥薪嘗胆《がしんしょうたん》の結果いまこそ彼らに恥をかかせてやるのである。

「オヘヤ、アイテマスカ？」

手帳が喋るのを見た彼らの表情こそ見物であった。唖然、呆然、驚愕。わが盟邦、ドイツのV2号の飛来を見たロンドン市民もこうであったろう。たちまち人だかりがし、口々に「オー・トレビアン」とか言っている。そして――それだけであった。まことに残念なことに、彼らが何を言っているのかまでは、電子手帳は教えてくれないのであった。相手を驚かすだけというのは、まこと皇軍の誇る風船爆弾以来の伝統であった。

結局、部屋はない。簡単明瞭な結論に、私は不敵な笑みを濡らし、再び「関東軍軍歌」などを低く吟《ぎん》ずるのであった。

　野ゆき山ゆき土に臥し
　寒熱《ていしん》何ぞ死を越えて
　挺身血湧く　真男子

実に、私のためのような歌である。満州の山野にあって、凍土に臥した将兵にくらぶれば、わが境遇などいかほどのことやあらん。いまこそ、軟弱連合軍に、日本男児の意気を見せる時である。

既にオート・キャンプ場も全て満員なので、私はある食堂のチチの大きなネーチャンに一杯おごってたらし込み、そこの駐車場にルノーをとめさせてもらった。現地人に金品を渡し、便宜を図らせる。これまた、福島少佐に学ぶ技術である。Dデーまでの日々、そこがわが宿舎となった。しかし、なぜ私はどこの国に行っても、野宿の星の下にあるのであろうか。あるいは、前世はジプシーか、カルカッタの路上生活者なのかもしれぬ。イスを倒すと、なかなか居心地がいい。トイレは食堂のを借りることにして、最後に私は腹部から隠しもっていた日章旗を取り出した。そしてルノーのアンテナを延ばすと、そこに縛りつけた。

踊り越えたる塁《るい》上に
立てし誉《ほま》れの日章旗

ああ、ここに不肖・宮嶋茂樹あり。幾万の英米仏の旗の波のなか、ただ一つ日章旗燦《さん》然《ぜん》と輝く。「ジャパニーズ、ホワイ?」明日、目覚めた時には、私の車の周りには報道陣が詰めかけているに違いない。その時こそ、私はアングロサクソンのヤルタ・ポツダム史観の錯誤について、正してやるのだ。＊6

Dデーまで数うるにあと三日。豪胆《ごうたん》にも単身敵地に旗幟《きし》を鮮明にした私を、フランスの月が皓々《こうこう》と見下ろしていた。

ああ、神々も照覧あれ。夜明けと共にわが日章旗の周りには百を超す報道陣――などはいなかった。ただ、チチの大きなネーチャンがフシギそうに見ているだけであった。撮影場所をロケハンすべく走り出してみて、私は自分が注目されなかった理由がよーくわかってきた。ノルマンディー一帯は、私などよりもはるかに異常な連中に占拠されていたのである。おそるべき軍事おたくの集団であった。

そこら中を、あらゆる時代の軍用トラック、ジープ、兵員輸送車などが走っていた。機関銃、高射砲、迫撃砲、あらゆる武器があった。「ミリタリー・ビークル・トラスト」というおたく集団は、2600台(!!)の軍用車両を持ち込み、キャンプを張っていた。全員、軍人ではない。素人のおたくである。それにしても、なんというフランスの度量であろう。戦車から迫撃砲まで通す税関の心意気。湾岸戦争の時、テルアビブへ行くのにガスマスクを持ち出そうとして税関とケンカした私としては、羨ましくてしかたがないのであった。しかしこれだけ世界中の兵器がそろっていても、やはり日独のものはないのであった。

＊6［アングロサクソンのヤルタ・ポツダム史観］「暴走族から右翼になったにーちゃんたちは日本国憲法の存在を知らなくとも、上からたたき込まれるので、これだけは詳しい。『戦後世界秩序の基礎を作った、ヤルタ・ポツダム体制と東京裁判史観』と言っていれば、取り敢えず右翼の中では理論家として一目置かれる」

い。たしかに、こういうところでゼロ戦とかを飛ばすと、たちどころに撃墜されてしまうであろう。そういう雰囲気が満ち満ちているのである。

おたくの中心は、むろん米英仏である。当時従軍したベテランもいる。ポーランドのように、当時は国が消滅していたくせに、あつかましくも虎の威を借りてやってきているヤカラもいる。はるばる南アフリカから来ているのもいる。ご苦労なことである。ロシアらしきのもいる。ご苦労なことであるが、こういうキ○○イにパンを食わすのに、先進諸国が苦労しているのもフシギな話である。とっとと、今もっている武器を売ってパンを買えばいいのである。しかし、日本人はいない。ドイツ人もいない。当たり前である。三日後にドイツ軍の砲台の上で、ドイツ兵の恰好をして日の丸を振った時、私の命はあるであろうか。正規の警備陣はともかく、こうした愛国的おたくの前に、私の命は風前の灯火となりつつあった。

不安にかられる私の鋭敏な耳が、不自然な音を捉えた。ドイツ語？　その方向を見ると、アメリカの軍服を着たおたくが、ドイツ語で仲間と話しているではないか。勇敢なるドイツ人であった。時に範蠡《はんれい》なきにしも非《あら》ず。やはり、大戦中米軍の軍服を着て敵地に潜入し攪乱《かくらん》した、オットー・スコルツェニー少佐の伝統は死んではいなかったのである。交差する視線。私の送ったメッセージを理解したのか、彼は仲間となにやら野砲を海の方に向けていじっていたが、やおらそれをぶっ放した。

ドッカーン！　さすがのおたくでも本当にぶっ放すのはいないと見えて、彼はたちまち取り押さえられると、どこやらへ拉致《らち》されていった。これから、過酷な拷問が待ち受けているのだろう。係わりを見られてはならぬ。私は足早に現場を立ち去りながら心に決めた。よし、私はやらねばならない。彼の為にも、独軍三十万の英霊の為にも。それにしても、勇敢なドイツ人に比べ、日本人はどうしてしまったのであろうか。私はまだ一人の日本人も見かけていなかった。敗戦はかくも我々を卑屈にしたのであろうか。その名誉のために日章旗を掲ぐべし。Dデーは刻々と迫りつつあった。そして、その日出会う初めての日本人が、私に過酷な運命をもたらすとは、神ならぬ身の、知るところではなかった。

ああ運命のDデーに
敵陣深く乗り込めば
身分の露見を恐るるも
我に深慮の詭計《きけい》あり

ついに決戦の秋《とき》来る。時に皇紀二六五四年六月六日。鬼哭啾々《きこくしゅうしゅう》としてノルマンディーは霖雨《りんう》に曇る。五十年前のあの日と同じ状況である。連合軍28万7千は、悪天候に油断する独軍の不意をつき、ノルマンディーの海岸へと襲いかかったのである。

上陸した海岸は、西からユタ、オマハ、ゴールド、ジュノーなどと作戦名がつけられている。なかでも激戦となったのが、米第一歩兵師団が上陸したオマハ・ビーチであった。

見よ落下傘、空をゆく。当時、連合国軍が橋頭堡を築いた、サント・メール・エグリーズでは70歳を超すベテランも落下傘降下を再現した。

映画『プライベート・ライアン』でもロケ地となったオマハビーチの連合国軍墓地。シブく見つめるのは、退役軍人でも現役の米兵でもなく、わざわざチェコから駆けつけたミリタリーオタクの皆様。

勝ち誇る連合国側のVIPたち。
ワレサ元ポーランド大統領、
クリントン前アメリカ大統領、
ヒラリー・クリントン・アメリカ上院議員、
エリザベス女王などの姿が。

今日は、そこでクリントンやエリザベス女王をはじめとする連合国のＶＩＰが勢ぞろいし、記念式典が行われるのである。不肖・宮嶋、勇躍単身彼《か》の地へ乗り込む。枢軸の意地を示すのである。欧米メディアにインタビューでもされれば、私は連合国中心の価値観について、全世界に弾劾《だんがい》するであろう。なんという快挙、なんという挺身。たとえ、その場で拘束され、強制送還されるとも、ここに日本男児の一個の意地は立つのである。

ああノルマンの波ならで
くだけ散る身を華となし
枢軸の意地に捧げたる
男、宮嶋ここにあり

オマハ・ビーチのメイン会場へは交通規制がしかれ、許可を持つ車しか入れない。さすがの鷹揚《おうよう》なフランス政府も、わが日の丸ルノーを通過させてくれるとは思えぬ。会場までは30キロ。もとより宮嶋、徒歩の労を惜しむものではないが、計算によると到着と同時に、式典は残念にも終了している。かような旧軍にも似た精神主義は、私の忌むところである。

検問を突破し、なおかつ敵の内懐《うちぶところ》に突入するにはどうすればいいか。熟考数分、私はついに「ヒ号作戦」の決行を決意した。わが師、福島少佐にならい、敵の力を利用し虚をつくというきわめて高度な作戦であった。

私は、オマハ・ビーチに通じる国道まで進出すると、通過する車両を観察した。そして、プレス関係と見ると、親指を立てたのであった。ああ、私でなくわが同胞の誰が、ヒッチハイクという、連合国特有の習慣を応用する事を思いつくであろう。まこと、神にも似た智略と言うべきである。既にタクシー代もなく、メシすら夕べから食べていないという事情を邪推するヤカラは、おたくの野砲の露と消えるであろう。

ところが、ケシカラヌことに、どの車もまったく止まらない。欧米人の心の酷薄さは、私の予想をはるかに上回っていたのである。式典の時間は刻々と迫り、雨は激しくなるばかり。雨はふるふる、カメラは濡れる。行くに行かれぬオマハ浜、と低く吟じていた時である。ようやく一台のワゴン車が止まった。地元フランスの大テレビ局、ユーロテレビの一行であった。何を考えているのか、彼らは道端に立つずぶ濡れの東洋人を乗せてくれたのである。私が彼らの上司なら、たちまち営倉にぶち込むであろう。

勇敢なる私に、天祐《てんゆう》は続く。ユーロテレビと言えば、日本で言うならフジや日テレのようなものである。数あるチェックポイントも軽く手を上げるだけで通過してしまうのである。そのスタッフのような顔をして乗っている私も、一度もＩＤを見せることなく通過してしまったのである。

まこと、日頃の至誠が神に通じたというべきであろう。数十分後、私は敵の心臓部、プレスセンターへの潜入に成功していたのであった。奇跡は続く。センターには、報道陣むけにタダのメシが用意されていたのである。昨夜から何も食べていない私は、ここで体力をも回復したのである。敵の輸送力を利用し、敵の糧食で露命《ろめい》をつなぐ。旧軍からこの宮嶋に受け継がれ、カンボジア、モザンビークで脈々と生きた伝統はここでも健在であった。

「この日こそは、連合軍にとっても、われわれにとっても『いちばん長い日』になるであろう」

腹も満ちた私は、尊敬するロンメルのセリフをシブく呟《つぶや》きつつ、メイン会場の方へ向かおうとし、凍りついた。会場の中の通路にも検問所があり、IDをチェックしているではないか！　見わたすと、食堂からのあらゆる通路に検問所がある。ノーチェックでもぐり込んだ私は、会場のどこへも移動できないのである。それどころか、見つかると逮捕されかねない。退くも地獄、進むも地獄。この記念すべき日に、私は一日中、この食堂にいなければならないのである。撮れる写真といえば、ランチ・メニューくらいなのである。書ける原稿といえば「あー、プレスセンターのパスタはうまかった。ワインがあればもっと最高でした」なんてシロモノなのである。

『不肖・宮嶋、ノルマンディーでメシを食いました』なんて原稿に、あのシャイロックNデスクがギャラを払うかどうかは、考えるまでもないことであった。

その時である。

私の耳に、飛び込んできた言葉。日本語ではないか。敵中横断200キロ、初めて聞く日本語であった。宮嶋は孤独ではなかった。この敵の心臓部に、わが同胞がいたのである。

声の方向を見た私の目に、へんな帽子を被った小太りのチンチクリンな男が飛び込んできた。男の周りには、幾人かの日本人が、帝王に仕えるがごとく、うやうやしくかしずいていた。横にはカメラバッグが置かれ、彼の職業を示していた。私はいやーな予感がした。男の声が飛び込んできた。独特の甲高い、押しつけがましい声。一度聞いたら忘れまい。私はますますいやーな予感がした。そして、その予感は当たったのである。

男はくるりと振り向くと、満面に笑みを浮かべて言った。

「あれ？　宮嶋さんじゃないの。こんなところでなにしてるの？」

わが友にして、世界的報道写真家、〝尊敬する〟今枝弘一[*7]さんとの久々の出会いであった。

なぜ、北朝鮮のごとく「今枝」の前に枕詞《まくらことば》がつくのかについては、ヒトはやがて恐るべき真実を知るであろう。

〝尊敬する〟今枝さんといえば、あの天安門広場の虐殺の唯一の撮影者として、多くの海外の雑誌を飾った。若くして土門拳賞や講談社出版文化賞を受賞し、いまや日本を代表する報道写真家と言っていい。彼と、私とはこれまでも浅からぬ因縁があった。

＊7【今枝弘一】土門拳賞受賞写真家。若手の報道写真家では、もっとも将来を嘱望されている。但し、なかなか居所がつかめず、編集者泣かせでも有名。「携帯電話のせいですぐに居所は摑めるが、役に立たない宮嶋とはその点でも正反対」と、ある編集者。

そもそも、彼は大学の後輩であった。同じ事務所にいたこともあった。将来は共に世界に羽ばたこうと、誓い合った仲でもあった。だが、運命は残酷にふたりを切り裂いた。彼が華やかなデビューを飾ったのは、フィリピン二月革命でいち早くマラカニアン宮殿に突入し、まだ香水の香の残るイメルダのベッドを撮った時であった。その日、私は結婚式で、後に逃げた妻の指にリングをはめていた。まったくのムダな時間であった。彼がその地位を不動のものにしたのは、リトアニアでの虐殺の瞬間を撮った時であった。その日、私は湾岸戦争の現場へ入るに入られず、カイロでポン引きにニセ・ダイヤをつかまされていた。まったくムダなカネであった。

祇園精舎の鐘の声、諸行無常の響きあり

とにもかくにも、様々な偶然、否努力と、ツキ、否才能の違いによっていまや二人の地位は、月とスッポン、同じ国際はついても国際報道写真家と、国際野宿写真屋に別れてしまったのである。

「宮嶋さん、どこに泊まっているの？」

彼はシャトーを借りきっているのであった。

「それは、戦術上の秘密じゃ」

「宮嶋さん、どうやって動いてるの？」

彼は運転手つきのベンツであった。

「それも、戦術上の秘密じゃ」

〝尊敬する〟今枝さんをとりまいている人々は、ＮＨＫをはじめとする優秀なスタッフの方々であった。彼は、アメリカから取材を始め、ファーストクラスで移動しつつ、何週間もかけて今回のイベントを取材しているのであった。

バッタ・チケットで来て、五日かそこらで取材して帰るとは、口がさけても言えない私に自分の状況を説明したあと、〝尊敬する〟今枝さんは私に微笑みつつ言った。

「まあ、横綱の土俵入りよなあ」

しかし、腐っても不肖・宮嶋はプロである。一旦命令をうければ、私心を捨て、石にかじりついてでも達成せねばならぬ。そういう戦術の上からいえば〝尊敬する〟今枝さんの出現は、まさに天祐神助であった。彼のスタッフということにしてもらえれば、メイン会場に近づけるのではないか。

私は、イギリス人の足下に跪《ひざまず》くインド人のように慇懃《いんぎん》に言った。

「今枝くん、君の助手ということにして、中へ入れて貰えんやろか」「いいよ」先生は鷹揚であった。さすがは、シャトー丸借りであった。しかし、先生は残酷でもあった。

「そのかわり、帰ってぼくのことを活字にする時には、かならず名前の上に『尊敬する』とつけるんだよ。それならいいよ。助手にしてあげる」

ああ、天も哭《な》け、地も叫べ。私はもう「偉大なる首領さま」と呼ぶ人々を笑うことはできない。山東半島への三国干渉が何であろう。カノッサの屈辱が何であろう。私はあいまいな作り笑顔を浮かべつつ、主人の前の苦力《クーリー》のように、ペコペコと叩頭《こうとう》するのであった。

いつか見ていろ。きっと、レジスタンスの人々の心情はこういうものであったろう。

そういえば、Dデーをレジスタンスに知らせる暗号は、ヴェルレーヌのこんな詩だった。

秋の日の　ヴィオロンの　ためいきの
身にしみて　ひたぶるに　うら悲し
ようやく入り込んだメイン会場の雛壇に並ぶ、クリントン、エリザベス女王、メイジャー、ミッテラン、ベアトリックス女王、はいずれも得意げであった。

〝尊敬する〟今枝さんのとなりで、私はヴェルレーヌを呟きつつ、ひたぶるにうら悲しかった。

やはり、戦争もカメラマンも勝たねばダメである。

潮風も哭くノルマンの
ドイツの栄光いま何処《いずこ》
亡き友とむらう老兵に
思わずこぼすひとしずく

国を出てから幾日ぞ。すべてはこの時のためにあったのである。毎夜、車の堅いシートで寝たのも、〝尊敬する〟今枝さんの軍門に下ったのも、全てはこの一挙のためにあったのである。

時に六月六日午後六時。いまだ、歓喜の夢さめやらず、驕《おご》り高ぶる連合軍の虚をついて、私はメイン会場を抜け出した。

目指すは何処、ノルマンの、英国海峡見下ろして、ドイツ陸軍誇りたる、旧砲台の跡なるぞ。

荒涼たる海岸に、それはあった。あたりはとぎれとぎれに人が訪れるだけで、ただ渺《びょう》渺《びょう》たる中に風が渡っている。人が少ないのは、これからやろうとしている一挙のためにはいい。しかし、華やかなメイン会場と比べるにつけ、風の音も独軍英霊三十万の鬼哭のように聞こえ、そぞろに涙が流れるのであった。

人気が少ないとて油断はならない。どこに、フランス秘密警察がひそんでいるともかぎらない。私は、草むらの上に伏せると、人が途切れるのを待った。橋梁を爆破せんとする工兵隊の心境である。

うずくまったまま、私は軍服に着替えると、カバンから鉄カブトを取り出した。ドイツ軍独特の、後頭部が下がった鉄カブトである。数多の死地をくぐってきた私ではあるが、ドイツのシンボルとでも言うべきそれを被る瞬間は勇気がいった。連合軍のおたくにとっては、敵のシンボルのようなものである。発見されることはすなわち、死を意味する。いまさらながら、Nデスクの指令が恨めしかった。

伏せていると、自分の心臓の鼓動が聞こえる。ノルマンディーで、いや、コレヒドールで、アッツ島で、沖縄で、塹壕《ざんごう》にこもり突撃の命令を待つ兵士の心境はこうであったろう。私の手に銃はない。それにかえ、カメラをセットした三脚と、日章旗をくりつ

破するのである。
いままさに独日の名誉が回復されようとしているのである。連合国の、美酒の独占を打
た私は、立ち上がると走りだした。吶喊《とっかん》である。名誉への吶喊である。戦後四十九年、
いままで、ウロウロしていたアメリカ人観光客が姿を消した。慎重にあたりを偵察し
けた旗竿がある。

息を切らしながら、私は三脚をセットすると、ベトンでできた砲台にはい上がった。
はるか眼下に渦巻くは英国海峡。そこから吹き上がる風に、いま、ついに日章旗は翻る。
戦後四十九年、Dデーから五十年。不肖・宮嶋、ただいま帰ってまいりました。
シャッターの落ちる音がした。任務は完了したのである。流れる涙は尊いが、それを
拭っている寸暇も惜しむべきである。発見される前に、撤退せねばならない。無事撤退
し、この写真が掲載されて、はじめて私の任務は終わるのである（ああ、せっかくの歴
史的ワンショットは、文庫本編集者S氏の「あっ、つまんないですね」の一言で本書に
は未掲載となった。残念である）。

砲台を滑り降りた私は、三脚をたたむと国道の方へ向かった。砲台を回り込んだ、そ
の時であった。私の肩を、何者かが、グイッと摑んだのである！

市街戦のブカレストで、跳弾が頰をかすめたこともあった。戦時下のイラク国境で頭
に銃を突きつけられたこともあった。しかし、これほど仰天したことはなかった。
ふりかえると、白髪のがっしりした老人が厳しい目で睨《にら》んでいた。その態度を見て、

私は覚悟した。元軍人に違いない。地元、フランスか。レジスタンスの闘士だったりすれば、ただではすむまい。

老人は手を伸ばすと、私の鉄カブトをグッと前へ押し下げた。

「わが軍の鉄カブトは、こう眉がかくれるくらい、深くかぶるのである」

ドイツなまりの英語であった。老ドイツ兵は、私の鉄カブトを直すと、一歩さがり、満足そうに頷いた。

そして、見事なドイツ式の敬礼をすると、砲台の方へと歩いて行った。

おそらくは、そこで散った友人たちと、彼だけのDデーの式典をするために。

敵中縦断八十里 北朝鮮に潜入せり！

不肖・宮嶋、恥多き人生を歩んで来たとはいえ、常に陽の当たるところをまっすぐに歩いてきた。タケオ基地で野営しようと、ルワンダ[*8]の難民キャンプで寝ようと、男一匹かくれもない流浪の写真家・宮嶋茂樹であった。

その私に、写真家であることを捨てよという。宮嶋茂樹であるということも捨てよという。さもなければ、命にかかわるという。この恐るべき指令が下ったのは、帝都に秋の気配が濃くなりつつあるころであった。

ああ、天も哭《な》け、地も裂けよ。マスコミ関係者の入国を一切シャットアウトしている北朝鮮に、潜入せよというのである。一観光客になりすまして、友好訪朝団の一員として、入り込めというのである。成功すれば、かの大軍事間諜、明石元二郎[*9]大佐にも匹敵する快挙であろう。だが、発覚すれば、処刑されたスパイ、ゾルゲ[*10]の運命が待っているであろう。

武士は自らを知る者の為に死す。長考一刻。

「やりましょう」

「やってくれるか」

いったんやるとの言質《げんち》をとれば、あとはカサにかかるのはNドケチ・デスク[*11]の常である。

＊8［ルワンダ難民キャンプで寝る］自衛隊の国際緊急援助部隊にくっついてルワンダへ。難民の中へ紛れ込み、国連からの援助物資で生活しようとして国際問題になりかけたエピソードは有名。
＊9［明石元二郎］戦前の大軍事スパイ。ヨーロッパにおいて、共産党員たちを支援し、ロシア革命への糸口を作った。
＊10［ゾルゲ］戦前の大スパイ。ドイツの新聞記者を装って日本に潜入し、軍事機密をソ連に流した。旧ソ連では死後名誉勲章も貰った英雄だった。
＊11［Nドケチ・デスク］文藝春秋の名物編集者。自分の40歳の誕生日に、出入り業者に広く声をかけて、会費制のパーティーをやるという、政治家も真っ青の守銭奴。美女を見ると、うちのグラビアに出ない？　とかたっぱしから声をかけることでも知られる。「この本の中では、かなり色々な人々の性格をデフォルメしたが、彼に関しては、まだ事実よりも書き足りない」

「せっかく行くんや。ここは一発、万寿台[*12]の金日成主席の巨大像の前で、同じポーズでキメてこんかい」

「やります、やります」

「なにやら、最近ではエッチ方面の店もできたと聞くで。行ってみたらんかい」

「行きます、行きます」

　こうした風俗情報に関しては、CIAより早いNデスクである。恐らくは真実であろう。

　死を見るに座するが如き私とはいえ、策なき死は、これ即ち犬死にである。やる以上は、完璧を期さねばならない。明石大佐の記録や山中峰太郎[*13]の『敵中横断三百里』などを熟読した私は、さっそく準備にとりかかった。

　私はなにも、北朝鮮に敵意を持つものではない。それどころか、テレビで見る一糸乱れぬ統制国家ぶりに、わが旧軍の伝統を見る思いがし、堕落しきったわが国も少し見習った方がいいと思うほどである。しかし、なにしろ普段働いているのが、北朝鮮[*14]の不倶《ふぐ》戴天《たいてん》の敵、週刊文春である。さらに、私には北朝鮮に関して、恐るべき過去があった。以前、贋《にせ》パスポートで来日した、かの国のVIPを成田で張り込んで撮影し、大トラブルを起こしているのである。私の名前は、その時しっかりと先方に記録されている。しかも、あろうことか、そのVIPは、今では北朝鮮のナンバー3にのぼりつめているのである。

こんな私が入国するというのは、日露戦争のさなかに、ニコライ二世を襲ったかの警官、津田三蔵がロシアに入国するようなものである。成功しただけで、入国管理官は収容所送りであろう。[*15]

私はまず、住民票を実家に移し、パスポートも新しくした。更に、役員として名義だけ貸している友人の貿易会社の名刺を作り、貿易商という身分をデッチ上げた。もっとも、いずれも虚偽ではない。私のある一面を強調しただけである。もっとスルドイのは、私のシブすぎる行動をカムフラージュするべき人物を同行させることにしたことであった。ホームズにおけるワトソンである。[*16]

＊12［万寿台のあの金日成主席の巨大像］「コガネムシに似ている」

＊13［山中峰太郎の『敵中横断三百里』］子供のころ、宮嶋は貧しかったので、古本屋で買ったこうした本ばかりを読んでいた。それが、精神形成に大きくかかわった。

＊14［北朝鮮の不倶戴天の敵、文春］パチンコ疑惑から始まり、金丸訪朝など、ことあるごとに文春は北と対決。その尖兵が宮嶋であった。

＊15［ニコライ二世を襲ったかの警官、津田三蔵］日露戦争前に来日したニコライ二世を、大津で襲ったのが「大津事件」。大国ロシアに対する遠慮から死刑判決を要求する政府に対して、大審院が司法の独立を通した話は有名。

＊16［ホームズにおけるワトソン］ボケとツッコミの関係であった。ホモ説もあるが、宮嶋はホモではないのは、各国での行動が示す通り。

私は、幼馴染みのKを誘った。医者のバカ息子で、金はあるがヒマこいている男である。こいつが、何をトチ狂ったか、完全な北朝鮮オタク。通常の私であれば、敬して遠ざけるところであるが、この場合こんな適役はない。いざという時には、こいつのバッグに撮ったフィルムをすべて押し込んでスパイ容疑をなすりつけ、私は無事に帰還する作戦である。彼も北朝鮮に残留できて、本望であろう。

その上で、私は偉大なる首領様・金日成主席と、親愛なる指導者・金正日書記の著作を読みあさった。完全に共和国（天性の間諜たる私の頭脳はすでに切り替わり、決して北朝鮮などとはいわないのである）の思考方法を身につけた私は、いよいよ、旅行社に二人の名前で申し込んだのである。

ああ愛国の赤誠は岩をも通す。いかなる天祐神助であろうか。なんと、私たちには、ツアーの参加許可が下りたのである。参加申し込み書といっしょに「最近、身分を偽って、取材目的で入国しようとする人がいます」などという、こちらの心を見透かしたような注意書きが来たものの、とにかく平壌へ行けることになったのである。

遺書も書いた。女との水杯《みずさかずき》も済ませた。私は最後に、東京の地名の入った領収書などを丹念に処分すると、別れのためにNデスクの前に出頭した。

「不肖・宮嶋、これより出発します。カムフラージュは完璧です」

死地に赴く男の潔さに胸打たれたか、さすがのNデスクも、私の肩のあたりに目を止めたまま、無言である。

「待て」

Nデスクは、やおら私のカメラを指さすと言ったのであった。

「その、カメラのストラップに『プロ専用』と書いたあるで」

天才・宮嶋といえども、上手の手からも水は漏れるのである。もうカメラ屋で新しいストラップを買っているヒマもない。高麗《コリョ》航空のチャーター便が出発する名古屋空港で探し回ったが、代用にする物もない。しかし、窮すれば通ず。私のスルドい目は、ついに子供向けのミヤゲ物屋で、青いディズニーのバッグを見つけたのである。肩紐を外せば、ストラップにピッタリではないか。米帝国主義のシンボルたるディズニーのカバンが窮地を救うのも、何かの因縁であろう。

テラテラとチンケなビニールの紐を光らせながら、正規の国交がないため、行き先がブランクになったシブいゲートから、私は高麗航空のツポレフへと乗り込んだのであった。

ああ、朝鮮の大地をバスは走る。一行に日本人は八人である。これに対して、共和国から五人の随行員がつく。なんという、温かき接遇ぶりであろう。運転手に、日本からの添乗員、現地の「案内人」、「課長」と呼ばれる、恐らくは公安の方、それに、ビデオカメラマン。このビデオ氏は、有り難いことに、我々の動きを逐一記録している。多分、夜に分析しておられるのであろう。旅行者にあるまじき反革命的な行動があれば、翌日

無理にピラミッド型にしたため完成がおぼつかない柳京ホテルがそそり立つ。

妙香山。山肌に彫られた首領様の直筆文字。

主体思想塔。下には世界「人民」から首領様に捧げられたレリーフが張り付けてある。

美術館。ではなく、地下鉄構内。

向こうは南、こちらが北。板門店にて。

偉大なる首領様の前で、ポーズを真似る暴挙に成功せり！

にちゃんと、注意してくれるのである。バスの中での彼らの配置も、決まっている。「課長」さんは、バスの後ろに陣取り、全員の動きに気を配っていてくださる。「課長」という呼び方も、昔の憲兵や特高のようで、なかなかシブい。

実は、今回のツアーは総勢百人近い規模である。にもかかわらず、行き先が特殊とはいえ、このような温かい接遇を受けたのは、我々だけである。確かに、間諜としての私の目からみれば、これほどアヤシイ集団もなかった。中でも、不動産業でカメラオタクだというYさんは、私でも持っていない凄いカメラ機材を持っておられた。地球上に、自分にそっくりの人間は三人いるというが、彼は私がたまたまロシアで会ったカメラマンにウリ二つだった。こんな偶然が起きるのも、亡くなられた偉大なる首領様のお引き合わせかもしれぬ、と深く頭を垂れるのであった。

かわいそうなのは、このアヤシイ一行に紛れ込んでしまった無邪気な学生氏であった。彼はシャッターを切りまくる我々を見て、しばしば「まるで取材班ですね」と、実に正しい指摘をして、私の心胆を寒からしめたのであった。

まもなくバスは、万寿台へ到着する。テレビでお馴染みの、あの金日成主席の黄金の巨大像が立っているところである。この日は、お参りする人は疎《まば》らであった。決して、あの列をなす参拝客がヤラセだったのではなくて、たまたま日が悪かったのであろう。現地のガイドの指示に従い、並んで像の前に進み出る。荘厳な音楽とセリフが流れ、その間頭を垂れて、黙禱を捧げる。ちゃんと用意されていた花束を、一行の最年長のお爺さんが、献花した。

拝礼を終えて、一行はバスへ向かう。しかし、私には「金日成主席の像の前で、同じポーズでキメてこんかい」というNデスクに命じられた任務があった。像と同じポーズで写真を撮らねばならないのである（後に私と同じことをやったアメリカ人がとっつかまった）。東京ではホイホイと引き受けた私であったが、ここまできて、いかにそれが困難なことかを痛感しつつあった。ここは、聖地中の聖地なのである。しかも、主席が亡くなったばかりなのである。いわば、エルサレムのキリストが磔《はりつけ》にあった丘の前で、十字架の恰好をして写真を撮ってこい、といわれるようなモノなのである。そんなところを敬虔《けいけん》なキリスト教徒に見つかれば、八つ裂きにされるであろう。

私はタイミングを見計らった。一行はすでにバスへと戻り、案内人が「早く、早く」と呼んでいる。正面から軍人の一行が鋭い視線を投げてくる。私は、北朝鮮オタクのKにカメラを持たせ、空を指さした。「あ、何か飛んでるぞ。鳥だ、飛行機だ、いや、スーパーマンだ」そう言いながら、微妙に角度を主席像の手と同じに持っていく。それ、今だ、撮れ！

なのに、ああ、神よ。アホのKは私が指さした方を、ポカンと見上げているではないか。軍人たちも何事かと、空を見上げて騒いでいる。これは逆に幸運であった。そうやってまわりの目がそれた瞬間、私はもう一度、ポーズをとって怒鳴った。「ボケ！　はよ撮らんかい！」さすがに、今度はシャッターが下りた。軍人たちの目が、もう一度、一斉にこちらに向いた。冷や汗が流れる。しかし、ともかく、こうしてわが最初の任務は達成されたのである。

主体思想塔[*17]、地下鉄と共和国の繁栄ぶりを見て歩く。次々と素晴らしい主体思想の成果を見せられ、感激に震える我々であったが、この日の圧巻は、学校であった。『六月九日高等中学校』に着くと、我々はさっそく教室に案内された。たまたま画面に書記同志が出ているテレビを修理している少女とか、たまたま国旗のCGをコンピューターで呼び出している少年とかを見たあと、我々は体育館に案内された。ここで、毎日行われているのと同じ「クラブ活動」を見せてくれるという。

ああ、なんという衝撃、なんという感動。おそらくは、主席や書記がごらんになっておられる「喜び組《キップンジョ》」の一端たりとも、我々に見せて下さろうというご配慮であろう。五歳から十五歳くらいまでの少女たちの歌と踊りは、そのまま日本に連れてきても、プロとして通用するであろうレベルである。これが「日常のクラブ活動」なのである。「この学校が決して特殊ではない」のである。日朝国交正常化のあかつきには、日本のジャリタレどもは職を失うであろう。

＊17 ［主体思想塔］ ピョンヤンに聳える、松明《たいまつ》の形をした塔。「入口近くには、日本から寄付した団体の名前を彫り込んだレリーフが飾られている。展望台は吹きっさらしで寒くてたまらない」

コーフンの面持ちでサーカスを
見上げる軍人たち。

サーカスはエロチック。

ダンスで洗脳寸前の不肖・宮嶋……

プロ顔負けの「クラブ活動」。

ホテルで。
拭くと
ごわごわで
ケツが痛い。

直進すれば「ソウルまで70km」。

歌と踊りが終わりに近づくと、少女たちは客席に入って来て、踊りに誘う。私も八歳くらいの少女に手を取られ、ダンスに邁進《まいしん》した。しかも、全てが終わったあと、彼女は手を取ったまま、バスまで送ってくれるではないか。ああ、別れた妻にこの万分の一の優しさがあれば、私の人生も変わっていたであろう。一行の中のお爺ちゃんなどは、涙を浮かべている。素晴らしい、革命的な人民の組織化である。私は、これと同じ優しい送り出しをどこかで受けたことがあった。それは、印税でアブク銭が入った時に行く、赤坂の韓国クラブであった。ああ、偉大なる主体思想は、帝国主義におけるクラブ活動を、みごとに学校のクラブ活動に階級的昇華させているのである。これまた、偉大なる革命の勝利であった。

少女とはいえ、女は女。いささか、心がうずく。この宮嶋、危地に臨むべく女断ちしてはや三日になる。色を好む英雄には、長すぎる時間である。さすがは公安の「課長」であった。そんな私の心はお見通しなのであった。

「宮嶋さん、カラオケ、行きませんか」

ホテルから真っ暗な町並みを百メートルほど歩く。近くのビルの地下に入ると、そこは別天地であった。チマ・チョゴリの美女が三人。彼女たちが歌う革命歌と、添乗員の日本語の歌が交錯して奇妙な感じである。飲むほどに、酔うほどに、ここが平壌とは信じられなくなる。いいかげん、気分がほぐれたところで、「課長」は私に、案内人はKに心を開かせるように話しかけてきたのは流石《さすが》であった。課長は、私にエビ[*18]の輸入の話を持ちかけながら、さり気なく、トンあたりの値段などを聞いてくる。案内人とＫは、アメリカ帝国主義の宣伝について話しているが、どうやら北朝鮮オタクのＫが案内人を圧倒しているようであった。

「そうですか。日本でもそういう考えの人がいますか、安心しました」領く案内人。

「当然です。主席の主体思想は、今や日本人民の間に浸透しています」

日本に帰ったらぶん殴ってやろうと思いつつ、私は、熱弁をふるうＫを見ていた。だが、その時には、彼の熱弁が思わぬ結果まで呼ぶとは、よもや想像できなかったのである。

翌日は強行軍である。一路南は板門店まで行ったあと、北上し妙香山まで行くのである。前者はバス、後者は列車。合わせて三百二十キロの、まさに敵中縦断八十里である。南へ行く高速道路は素晴らしい。ほぼ一キロおきに人民がホーキで道路を掃いている。なんという公徳心であろう。車は全く走っておらず、人民はゾロゾロと列を作って、高速道路を歩いている。きっと、身体を鍛えているのであろう。この日は都市住民が農村にいく「援農」の日とあって、そこここでそうした列が見られた。

＊18【エビの輸入の話】宮嶋が、口からでまかせに「エビの輸入をしている」と言ったために、こういう危機的状況になった。宮嶋は口からでまかせに「トン七千ドルくらいでしょうか」と言ったが、たまたま近い値段だったのか、バレずにすんだ。

「農村の住居も近代化され、ほとんどが三階建てです」と案内人が言う通り、高速の両側の農村は、見事である。最前列だけ三階建てだったり、時々ちらっと見える山陰の村が古色蒼然なのは、きっと歴史的遺産として保存しているにちがいない。

板門店では米帝国主義者が、いかに朝鮮戦争を仕掛けたか、という映画で学習する。ああ、映画歴三十余年、こんなに勉強になった映画はなかった。私がいかに間違った歴史を学ばされていたかが、よくわかった。仁川上陸[*19]など、なかったのである。共和国は、寛大な心をもって、勝っていたにもかかわらず三十八度線での講和に応じてやったのである。

その夜、妙香山のホテルに着いたのは、深夜であった。だが、私には達成しなければならない任務があった。私のスルドイ情報網はここの地下にマッサージがあることを探知していたのである。私の天才的間諜術は昨夜のカラオケで「課長」から「あのホテルの地下のマッサージ、キンタマ、グーンよ」という重大証言を引き出すことに成功していた。これこそNデスクがいう「エッチ店」ではないのか。取材に成功すれば、世界的スクープであろう。

頃合いを見て、私は地下へ向かった。サウナがあり、大浴場がある。なかなかの施設

＊19【仁川《メンチヨン》上陸】南の端まで追い詰められたマッカーサーが、起死回生でやってのけた上陸作戦。これを機に、南の国連軍は、逆に北側を追い詰めていく。

「英雄色を好むとはいえ、不肖・宮嶋、カラオケを
デュエット、お酌はして戴いたが、天地神明に誓い、
それだけ、である。絶対に絶対に」

である。筋肉質のオッサンが、こまめに世話を焼いてくれる。浴場の隣が、マッサージ室のようであった。のぞくと、奥には白衣の女性がいるではないか。しかもなかなかの美形である。「マッサージ、OK?」私は、彼女を指さして、オッサンに言った。「OK、OK」オッサンは頷く。

これから、あの美女は私をいかなる夢幻の巷《ちまた》へとさそってくれるのであろうか。言われるままに、パンツ一丁になった私は、ベッドに腰をかけて、オッサンの次の指示を待った。すると、なにやら、彼は時計を外しはじめるではないか。私はイヤーな予感がした。次に彼は私に、ベッドに横たわれという。私はますますイヤーな予感がした……。

一時間後、私は深い敗北感と共に「課長」と飲んでいた。「キンタマ、グーンなったでしょう。あのマッサージ、きくよ」。グーンとはならなかったが、全身が痛かった。軍隊で鍛えたのだろうか、オッサンの力は無茶苦茶強かった。共和国人民が、肉が食えずに力が入らないなどというのは、米帝による謀略情報である。少なくとも、マッサージ師においては違う、という重大な事実を、私は知ったのであった。ちなみに「キンタマ、グーン」とは共和国では「元気になる」というくらいの意味らしいことも、後になって判明した。

真珠湾の例をひくまでもなく、油断こそは兵家のもっとも忌むところである。わが任務もいよいよ最終段階になったときである。恐るべき事態が発生した。最後の夜、サヨナラ・パーティーを終えた帰り道、脳ミソ中が主体思想でキムチ化してしまっているK

が私の肘をつつく。

「宮嶋さん、今『課長』が俺に耳打ちして、このあと誰にも言わずに、部屋で待機してろっていうてるんです」

ついに、この時来る。間諜の宿命であった。おそらくは、そのまま拘束され、来週にはハバロフスクで木材伐採の労働についていることであろう。しかし、なぜ私でなく、Kなのか。

「とにかく、部屋で待っててみろや」

大義の前に日本男児の命はあまりに軽い。Kには気の毒だが、彼が拘束されたなら、私はフィルムを処分して脱出するつもりであった。時既に夜十一時。灯のない窓外は真の闇に沈む。

　思いもよらず我一人
　不思議に命ながらえて
　赤い夕日の満州に
　友の塚穴掘ろうとは

くちずさむ「戦友」もまったく冗談ではないのである。ただ、塚穴など掘ってる余裕はなさそうなのである。とにかく、私は脱出しなくては。Kの身の上にいったい何が起きているのか。私はじっと自室にとじこもっていた。

長い一時間が過ぎたころであった。ドアにノック。すわ、間諜・宮嶋の一巻の終わりか、と身構えて開けた先には、Kがボーッと立っていた。

「こんなの、もろてしもうたがな」

小さな紙包みを差し出す。開けてみるとそこには——なんと、金日成[20]のバッジではないか。

「優秀な旅行者やから、いうて」

Kの部屋には、「課長」のほかに、幹部クラスらしい二人が訪れ、バッジの授与式をしたというのである。幹部はかなりのお偉いさんらしく、「課長」はガチガチになって、メモに書いた表彰文を読んだという。

「こんなに、主体思想を勉強しとる日本人は珍しいって、褒《ほ》められたで。俺も革命的に礼いうたら、えらい喜んでくれたわ。このこと絶対、人にいうたらあかん言われたけど、お前心配しとったから……」

こんなアホ、もとい革命的なヒトの身の上を心配していたかと思うと、私はホッとすると同時にヘナヘナと力が抜けてしまった。それにしても、金日成バッジといえば、そんじょそこらで手に入るものではない。ましてや、売ってはいない。知らぬとはいえ、Kは私の間諜の片棒を担いでいた男である。それに、金日成バッジを授与するとは……。

私はその日の午前中に行った、妙香山の「国際親善博物館」を思い出していた。ここには、偉大なる首領様と、親愛なる指導者に世界中から贈られた物が、展示してある。館中のお二人の巨大な座像と相まって、見学するとイヤでもお二人の偉大さがわかるようになっている。

「九一年　金丸信」「九一年　土井たか子」などに混じって、私が驚嘆したのは、御同業からの贈呈品が多いことであった。八一年には朝日外報部次長がこともあろうに「朝日新聞」とロゴの入ったペンを贈っているし、八二年には毎日の取材班が木箱を、九〇年には自民社会同行記者団が、セイコーの時計を贈っている。九一年には岩波書店社長が、見事なガラスの鉢を、同じ年にNHK代表団は漆の箱を贈っている。

天網恢々《てんもうかいかい》、疎にして洩らさず。それらがぜーんぶ展示してあって、モロバレなのである。いかに、帝国主義的マスコミが、資本主義的欲望を利用して、偉大なる首領様と、親愛なる指導者同志に接近を図ったかが一目瞭然。まさに、日本にとっては国辱的展示と言えよう。


　ああ、それに対し、不肖・宮嶋、なんという光栄、なんという栄誉。貢ぎ物を差し上げるどころか、相棒が勲章を頂戴してしまったのである。密やかなる取材活動にたいし、お褒めを頂戴したのである。この名誉は、宮嶋家子々孫々まで語り伝えられるであろう。

　ホテルの乏しい灯に鈍く光る金日成バッジを見つめながら、私は共和国の度量の大き

*20【金日成バッジ】国会議員の議員バッジ、弁護士の弁護士バッジ、オウムのプルシャなんかも比較にならないほど、神聖なモノ。もちろん非売品で、通し番号がついているとも言う。

さに深く感激したのであった。願わくは、堂々とこのバッジとプレスカードを付けて、この国に来れる日が訪れんことを。

モザンビークPKOに突撃！

ついに、この秋《とき》は来た。神武の帝が国を建てたもうて二千六百五十余年。万里の波濤を乗り越えて、今ぞ日章旗、暗黒大陸に立つ。西欧列強に蹂躙《じゅうりん》されたかの地に、東方より茜《あかね》さすのである。国連モザンビーク活動（ＯＮＵＭＯＺ）への自衛隊の派遣が決まって以来、この宮嶋を送り込めとの声は天下に満ちた。

不肖・宮嶋、義をもって乞《こ》われて、背中を見せたことはない。カンボジアまで輸送艦に乗っていけといわれれば、ゲロまみれになりつつ同乗し、タケオ基地外で野宿しろといわれれば、アカまみれになりつつ野宿した。女に泊まってけといわれれば、アセまみれになりつつ泊まって行き、妻に離婚してといわれれば、借金まみれになりつつキッチリと別れた。どうして、この世論に背を向けられるであろう。

憂国の一念、語らずとも知るのが漢《おとこ》である。防衛庁広報課を訪れた時、既に私のモザンビーク行きは、決まっていた。しかも、西元統合幕僚会議議長と輸送機Ｃ－１３０に同乗しての壮途である。私を幾多の死地に送り出してはハシゴを外してきた森田二佐が、今回は自信ありげに言った。

「オレもいつまでもウソツキと言われたくはない。今回は、ニューヨークの国連本部にも連絡してあるので、わが部隊の便宜供与を受けられる。安心したまえ（ホントにこう言った）。それに、わが隊の食事提供などの補給の面倒を見てくれているのは、ポルトガル軍だ。ポルトガルといえば、宮嶋、ラテンだ。ラテンのノリでメシなどいくらでも食わしてくれるぞ（ホントにホントにこう言った）」

なんという、行き届いた配慮であろう。勇将のもとに弱卒《じゃくそつ》なし。私はたとえこの身がライオンに引き裂かれ、バオバブの木のもと朽ちるとも、任務を全うする覚悟を固めたのであった。感激にうち震える私の肩をポン、ポン、とたたくと、森田二佐はこうはなむけの言葉をくださった。

「ま、今回は大船に乗ったつもりで行ってきたまえ。それよりも、ONUMOZ（オヌモズ）のオニモツにならんようにな。ハハハハハハ！」

十二月二十九日。一億国民よ、この日を記憶せよ。わが自衛隊の誇るC－130輸送機ハーキュリーズは、ついにモザンビークに向けて、小牧基地を離陸したのである。壮なるかな！　モザンビークの首都・マプトまで、一万四千キロ。実に四泊五日の遠征である。座乗するは、三軍の頂点に立つ統幕議長・西元徹也閣下。搭載するは、現地で任務に邁進する隊員たちに補給する様々な品々。さぞかし、身辺警護のための秘密兵器もあるのであろう。スルドくそう推察した私は、敢えて搭載物について幕僚に聞かなかった。しかし、親切な幕僚は、私にリストを見せてくれるのであった。私がいかに自衛隊内で信用されているかということであろう。

「インマルサット、医療器具、浄水装置――」ふむふむ。現地の厳しさが推測できる。読み進むうちに、しかし、リストは私のスルドい頭脳をもってしても理解不能になりつつあった。「酒、ビール、カマボコ」はわかるにしても「松飾り、メンコ、タコ（？？？）」

「あの――」

私は幕僚に聞いた。

「あのあたりではタコはとれないんでっか？」「いや、それはあげるタコである」「油ででっか？」「いや、風で、だ」

これ以上聞くことは、機密にふれるであろう。私はなんらかの秘密兵器の感触をつかみつつ、会話を打ち切った。

こうした有意義な会話をのせつつ、エンジンの音轟々《ごうごう》とC‐130は行く。恐れ多くも、私は西元閣下の側近くに席を占めていた。時が時なら、参謀総長と軍令部総長を兼ねた、米軍の猛将・パウエル将軍のような方である。しかし、私と閣下は、タケオ基地の風呂場でチンポを見せ合った仲でもあった。そして今回、お側にいることを許されたお陰で、私は閣下の名将としての素晴らしい一面を見ることができたのであった。

十二月三十一日。○九○○《まるきゅうまるまる》にわが機は、タイはウタパオ基地を離陸、勇躍南下しつつあった。感無量な面持ちで、西元閣下は、今回の輸送の責任者である別府司令に話しかけた。

「いよいよ、今日だな。今日は人生最大の楽しみである」

この名将にして人生最大の楽しみとは何であろうか。あるいは、この輸送には隠された作戦があり、あの単冠湾《ひとかっぷ》から機動部隊が出撃したように、突如反転して海南島あたりを制圧するのであろうか。私の疑問は、別府司令の次の一言で氷解した。

「ハッ。そうであります。今日はいよいよ帝国陸海軍の域を出ます！」（ホントにこう言った）

静かに頷く西元閣下。

山本、南雲、栗田。あまたの名将たちがなしえなかった快挙を、今や西元閣下が達成しようとしているのであった。その場に居合わせる、何という光栄、なんという栄誉。そぞろに涙が私の頬を濡らすのであった。

一月一日のことであった。浅い眠りから覚めた私がひょいと見ると、西元閣下が便所付近から登場するところであった。よく見ると腰ミノをつけているではないか。部下の士気を高めようと、早くも現地に相応《ふさわ》しい雰囲気をかもしだすコスチュームに閣下自ら率先して身を包み、いわゆる「赤道祭り」を祝うセレモニーにのぞまれようとするところであった。

「自衛隊機として初の赤道通過を記念して」音頭をとられようとしている閣下は、耳に機内会話用のインカムをつけ、すさまじい騒音にも負けじと、「では、日本と世界の平和のためにも、カンパイ！」とスピーチされた。

赤道直下まで腰ミノを運ぶこの配慮、この準備。しばし、居並ぶ幕僚たちも感無量であった。

やがて、これまたどこから調達してきたのか、モチもふるまわれた。不肖・宮嶋、遅ればせながら閣下にならい腰ミノをつけ、モチのお相伴にあずからせていただいたのである。

深く考えかりそめに
事を謀りそくれぐれも

かの「軍人勅諭」の精神は脈々と生きているのであった。我々の税金もこういう事に使われれば本望といえよう。

来た。ついに来た。一月二日一二五《ひとふたご》〇《まる》。マプト空港に着陸したC－130から降り立った私に、隊員たちが駆け寄ってきた。今浦中隊長、桜林広報担当一尉が次々と握手を求めて来た。「宮嶋さんが来るのを、一日千秋の思いで待っておりました」キャプテン・サクラこと、桜林一尉が言う。タケオの時と何という違いであろう。あの時は、広[*21]報の太田三佐（当時）に門前払いを食わされ、その足で野宿の場所へと連行されたのであった。太田三佐が「タケオのゲッペルス」と呼ばれていたのに対し、こちらは「キャプテン・サクラ」、名前まで優しそうではないか。

「太田三佐から、連絡がありました」考えていた名前を言われて、私はギクッとした。

「『ミヤジマヲ、甘ヤカスナ』とのことです」余計なお世話じゃ。貴重な衛星回線使って、他に言うことはないんかいな、ホンマに。今回は余裕しゃくしゃくの私は、ニヒルに呟くのであった。

油断こそ、孫子以来兵書の厳に戒めるところである。

驕奢《きょうしゃ》に流れ軽薄に

走るは兵の弱きもと

反芻《はんすう》したばかりの軍人勅諭を忘れ去ったかのような私の驕《おご》りを、天は見逃さなかった。西元閣下に同行し、七百キロほど北のドンドに分駐する部隊などを取材し、一月五日、私はマプトに帰って来た。いよいよ、この日から、基地の中に泊めてもらうのである。鼻唄交りで出頭した私を出迎えたのは、桜林一尉の暗い顔だった。

「宮嶋さん、国連がダメだって言うんですよ」

わるーい予感がした。

「ニューヨークが、部外者の基地内宿泊の便宜供与は、どうしてもダメだって言うんです」

「オニモツにならないように」と言った森田二佐のバカ笑いが耳の奥で響いた。彼は確か、ニューヨークに連絡したと……。

「ええ、連絡はしたらしいんですが、許可は出てなかったんですね」

「はあ」

要するに、森田二佐は、確認はしていなかったのである。ああ、なんという大胆、なんという不敵。敵艦隊の位置も確認せずに、片道燃料で突っ込ませる旧軍の伝統は、脈々と生きていたのであった。

「では、野営の場所にご案内します」

トボトボと桜林一尉について行く。数カ月前、タケオで前を歩いていたのは太田三佐だったっけ。

♬この道は、いつか来た道。ああ、そうだよ。下が砂地で、テントも建てよい北原白秋など歌っているバアイではない。一応、万万万が一を想定して、タケオで使ったテントは持ってきた。しかし、状況ははるかに深刻である。

「ここです」

桜林一尉が指さした場所は、天幕村の外れ。しかし、タケオと違い、ここには鉄条網もない。歩哨も立っていない。さらには、屋台もない。[*22]桜林一尉が逃げるように去った

＊21 ［広報の太田三佐］ タケオ基地に殺到したマスコミから、議員の駆け足視察、左巻きの市民団体の抗議まですべてこなした天才的広報官。その功績で昇進した。「自衛隊幹部で唯一、私との飲み代を自分の方から払おうとするからエライ」

＊22 ［屋台もない］ 兵站《へいたん》を持たない宮嶋にとっては、屋台が生命線のすべてである。又、屋台の娘とデキて、国際親善を深めることもある。

あと、私は冷静に状況を観察した。不肖・宮嶋、愛国の至誠は烈火の如く、わが死は鴻《こう》毛《もう》よりも軽いと信じてはいる。しかし、死ぬにも死に方というものがある。こんなところで、オオアリクイなぞに踏まれて死んでは、故郷・明石の老父母に孝の道が立たぬ。ともかく、餓死だけは避けねばならぬ。そのためには、食料を補給するポルトガル軍をなんとか騙くらかす必要があった。

備えあれば、憂い無し。この日あることを予期した私の灰色の脳細胞は、すでに日本で周到な研究を終えていた。その上で、緻密な作戦計画が建てられていた。作戦名は「マプト囮《おとり》作戦・メシにチチ換える」。かのレイテにおける小沢囮《おとり》艦隊の作戦に想を得たものである。

私は荷物から、丸めたカレンダーを取り出すと、ポルトガル軍のオフィスへと向かった。途中、国連のレターヘッドをかっぱらい、そこに「こいつに、メシとフロを恵むことを許す」と書き込んだ。これを責任者に見せてOKをせしめようというのが本作戦の目的である。

責任者の副隊長は、中年の気のいいオッサンであった。私はレターを出すと、素早くその横にカレンダーを広げた。そこでは、CCガールズ[*23]がTバックでお尻を丸出しにしていた。

「ほほー、ジャパニーズ・ガールね」

副隊長は身を乗り出した。突然、見たこともない日本人が現れて、ハダカの女のカレンダーを広げても、いささかもフシギに思ったりしないらしい。さすがは、鉄砲伝来四百五十周年の日・ポ関係であった。私は、素早くレターを取り出すと、その横において、早口で言った。

「そうであります、サー。ジャパニーズ・ヒップであります。これを差し上げるであります。あ、それからついでですが、この書類には、私にメシとフロを与えるように書いてあります。OK？　いいですね？　サー」

「ほほー、いいチチしてるなあ。日本の女、みんな、こんなビッグ・チチ？」

「そうであります。もう、プリプリであります、サー。レター、OK？　サー」

「OK、OK。ふーん、ケツもなかなか……」

「ありがとうございます、サー。オブリガード、アルテレーベ」

ついに、副隊長は私のでっちあげレターを見ることなく、私はフロとメシの言質をせしめたのであった。

こうして、私はポルトガル軍の居候となり基地での生活がはじまった。自衛隊そのものが居候であるから、私は孫居候である。世界に展開した国連PKO部隊数万の中でも、民間人の居候に勝手に住み着かれたのは、この部隊くらいであろう。なにしろ、非合法

＊23 「CCガールズがTバックでお尻を丸出しにしていた」ことともあろうか、宮嶋はこのCCガールズを慰問と称してカンボジアのタケオ基地に連れていこうと画策していた。

も非合法、国連[*24]の規則に違反しているのであるから、ユーゴあたりなら即銃殺である。CCガールズに飽きた副隊長が、日本人がひとり多いことに気がつかぬように、私は目立たぬことを第一にした。現地では、カメレオンがそこら中にいて、ガキが一匹百円ほどで売っている。私も一匹買い求め、レオンとなづけて可愛がっていたが、場所に応じて保護色となる彼こそが、私の生きざまの手本であった。

自衛隊員たちと話しはじめて、最初にギクッとしたのは、「ポル軍」という言葉が頻繁に出てくることであった。悪夢のポルポト軍がカンボジアを追われてこんなところにまで出稼ぎにきとるのかと思ったが、これはポルトガル軍の事。頻繁に会話に出るのも当然で、自衛隊の補給の一切合切は、ポル軍に依存していた。メシはポルメシ。これは、昼からワインがついたりしてなかなかのモノである。フロは水のシャワー。トイレは、ポル軍の水をそこまで使っては申し訳ないということで、自衛隊独自のボットン便所を作った。穴に板を渡しただけ。深夜、ここに出かけた私は、危うく板を踏み抜き、転落するところであった。なにしろ、クソが既に二メートルも堆積しているのである。

こんな過酷な生活をしながら五十三人の隊員たちは、空港などへ出かけては、輸送調整業務をする。その活動ぶりを見ているうちに、私は段々とハラが立ってきた。

たとえば、空港へ行っても、オフィスがあるわけではない。露天に机を置き、雨の場合はバンの中で仕事をする。飛行機はまずマトモに着くことはなく、これは酔っぱらいのロシア人がサンダル履きで操縦しているからであって、こいつらはそのうち絶対に神のタタリで落ちると私はふんでいるからいいものの、ユルセンのは、モザンビーク政府[*25]の態度であった。要するに、空港施設を貸さないのである。

一事が万事。知れば知るほどこの国はとことん、腐りきっていた。まだカンボジアはマシである。女で言えば、「もうダメ、好きにして」という無抵抗状態である。ところが、この国は、ブスで禁治産者のくせに文句だけ多い女のようなのだ。

西元統幕議長が国防大臣を表敬訪問した時も、二十分も待たせた上に感謝の言葉があるわけでもない。終始、アレをくれコレをくれとタカるばかり。そもそも、この国の大統領はいまどこにいるのか誰も知らないらしい。フザケた国である。上が上なら下も下。警官や軍人はタカることしか考えてない。

そのくせ、やつらは日本人をバカにする。すぐ隣の南アフリカのアパルトヘイトの名残があるらしく、我々を指さして「シノ、シノ(中国人)」とからかう。日本人だと教え、地図を広げても、日本がどこにあるかなど知ってるヤツは一人もいない。彼らにとって

＊24【国連の規則】ＵＮレギュレーションは鉄よりも厳しい。タケオで宮嶋が野宿を余儀なくされたのも、現場の情けといえども、この規則を超えては適用できないからである。

＊25【モザンビーク政府の態度】「こういう国が国家として国連に議席をもっているのがフシギ。ただし、そのあとルワンダ派遣の時に行ったザイールよりは、凶暴でないだけマシだった」

は、M78星雲からウルトラマンが来たといわれているようなものなのだ。

アタマに来た私は今浦中隊長に、

「こんな、腐り切った国の軍隊なら、わが輸送調整中隊の精鋭五十三人をもってすれば、即座に掌握できます。国防省を襲い、全権を掌握しましょう」

などと言ったものの、しばらくいるうちに、こんな国を抱え込むだけでもゴメンだという気になってきた。

当然、人々の暮らしも悲惨である。来る前、私は野生の王国のような場所を想像していた。テント生活での恐怖も、ゾウやライオンが現れたらどうしようかということであった。ところが、そんなものは一匹もいないのである。時々、道路脇で、現地人がインパラを売っている。よくテレビなどに出てくる、角の美しいシカである。ペットにするのではない。食うのである。

信じがたいことだが、動物がいないというのも、どうやら食いつくしてしまったためのようなのだ。

基地では、犬を飼っているが、これもいつ現地人に食われるかわからない。

「宮嶋さん、いい考えはないですか」

「私に小銃を貸していただければ、二十四時間警護にあたります」

「しかしなあ、犬一匹で自衛隊がモザンビークに内乱を起こしたといわれちゃあ、中隊長が腹を切ったくらいじゃすまないからなあ」

私としても「蘆溝橋《ろこうきょう》で一発撃って、今次戦争を始めたのは余である。だから、この戦争は余が責任を持つ」と言った牟田口中将[*26]に倣《なら》い「マプトで一発撃ったのは――」と言って、モザンビーク内戦の責任を持つくらいなら、ツェツェ蝿に刺された方がマシである。

幕僚たちが知恵を出し合っての結論は、「敵に戦意を喪失させるべく、犬を強固に見せる」というものであった。翌日、早速犬には太い眉毛がマジックで描かれた。機に臨み、変に応ず。精鋭部隊ならではのスルドイ対応であった。

ここに、中隊が作成した「状況報告書」という資料がある。本来部外秘なのだが、私は特別に見せてもらった。その「まとめ」という部分には、こう書かれている。

「モザンビークに来て痛感したものは、日本人の常識や、生半可なヒューマニズムは現地人に通用しないと言う事であります」

カンボジアの場合は、まだ屋台などを通じて、現地人との交流があった。しかし、この国ではそれすら成立する以前の状態なのである。

そうした中、この国の市場経済を根底から覆すような壮大な実験が、自衛隊によって

＊26 ［牟田口中将］ 後にかのインパール作戦の司令官。現場の声を無視した作戦で、多数の死者を出し、その逃走経路は「白骨街道」とまでいわれながら、指揮の責任はガンとしてみとめなかった。

密かに行われていたことを、私はここに暴露せねばならない。

基地の周りには、いつもヒマなガキがいて、我々がモノを捨てるのを虎視《こし》眈々《たんたん》と狙ってた。「マスター、チャンコン、チャンコン」これは、食い物をくれということである。それに混じって「オトト、オトト」というガキがいる。あるいは、カメレオンなどを売りに来たガキが、「マスター、ワン・カメレオン、テン・オトト」などと言う。どうも、貨幣単位のようなのだが、この国の貨幣単位は*27メティカルのハズである。それについて、どういう意味か隊員たちに聞いたのだが、その話題になると、ナゼか日頃仲のいい隊員たちも笑顔を消して足早に立ち去るのであった。

世界の死地をくぐってきた、ジャーナリストとしての私のカンが囁《ささや》いた。ここには、なにか重大な秘密がある。

疑問を解く端緒をつけたのはあの、CCガールズ副隊長であった。ある時、雑談の中でふっと私は聞いたのである。

「オトトとメティカルとはどう違うんでっか？」「ああ、オトトは日本軍が配ったおカネの単位よ」

なんということであろう。私は、カンボジアの時はあれだけ押しかけた大新聞の記者たちがナゼか誰も来ないことを、自衛隊のために喜んだ。カンボジアでは毎日のように来ていた社会党の代議士さんたちも一人も来ないことを、天に感謝した。社会党のヒトたちは、造反は好きでも象さんはキライなのだろう。

このような事実が日本に漏れれば、朝日新聞は一面で書くであろう。

「モンザビーク派遣自衛隊『軍票』を発行」「旧軍の反省、生かされず」「韓国、台湾政府、危惧を表明」

翌日あたりからは「失われた『天皇の紙幣』」とか言って、二十二面あたりに、くしゃくしゃの軍票を後生大事に手にした中国人とかを次々と登場させるのであろう。

それにしても、自衛隊も大胆ではないか。おそらくは、陸幕二部別室[*28]あたりが、長期にわたって計画してきたに違いない。かのマンハッタン計画のように、機密は厳重に保持されたであろう。そして、もっとも日本との情報の途絶したこの地を選んで実施したにちがいない。ああ、この智略、この勇断。かかる歴史的作戦を、この宮嶋抜きで行おうとは水臭い。私は急いで、桜林一尉のところへ行った。

「水臭いやないですか。独自の貨幣を発行し、モザンビークを円経済圏に巻き込み、アフリカ進出の橋頭堡《きょうとうほ》にする、こんな大作戦を黙ってるなんて。とにかく、見せてくださ

＊27【メティカル】「私たちはメティカスと呼んでいた。どこで両替できるかすらナゾの、ほとんどゴミのような金である。おそらく印刷代の方が高かったであろう」
＊28【陸幕二部別室】謀略小説などを読んでいるとよく出てくる幻の、自衛隊ＣＩＡ。通称Ｇ２。宮嶋は存在を信じているが、こーゆーところがマトモに機能していれば、少なくともオウムに浸透されなかったと思うが。

食用のインパラの子供をお金を出して救出した、桜林一尉と菊地三佐。

悪臭とハエの大群でいっぱいの市場を視察する今浦中隊長と佐野曹長。

読み終わったマンガをプレゼントする隊員。
皇民化教育を謀ろうとしているわけではない。
念のため。

輸送機内。ニッポンからモザンビークまで5日間、
すさまじい震動と騒音に耐えてよく眠った。

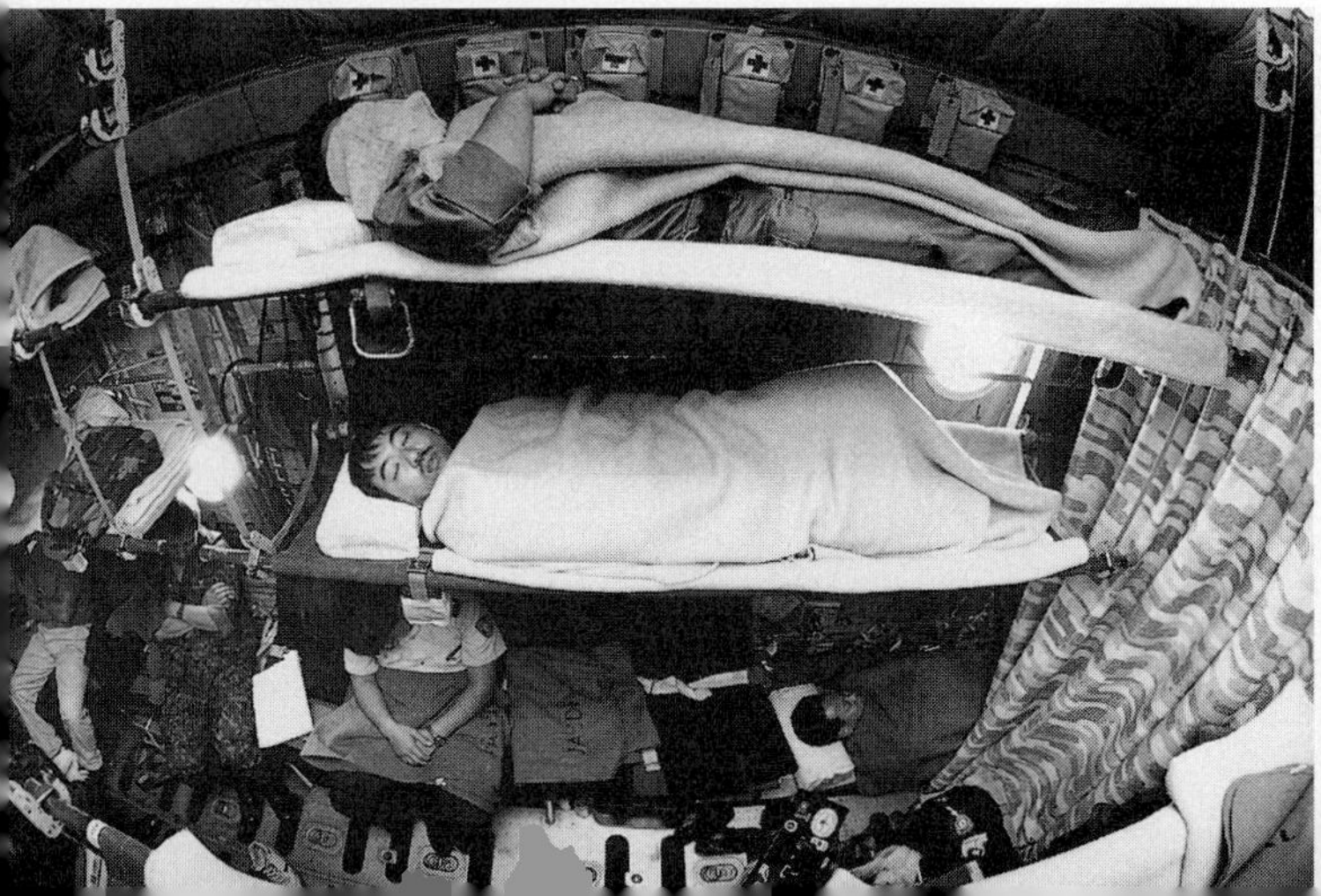

いよ、そのおカネを」

「はいはい」

意外と素直なので拍子抜けした私に、一尉はなにやらハコを取り出してきた。

「宮嶋さんも意外と子供なんだな。欲しけりゃ最初からそう言えばいいのに。ほれ、手を出して」

差し出した私の手の上にはらはらと落ちたのは、なにやらクッキーのようなモノであった。

「これ、なんでっか？」

「オットットです」

「いや、だから、私は貨幣のオトトを――」

「現地では若干なまるようですな。我々は日本での通り、オットットと呼んでおります」

それは、例の魚の形をした森永のお菓子、「オットット」であった。どうやら、隊員たちが、子供たちに乞われるままにこれをばらまき、それがあたかも貨幣のように流通しているらしい。ゴミのようなメティカルよりも、あるいは食えるだけこっちの方がマシなのかもしれない。私はひそかに、次回大量のオットットを持ち込み、カメレオンとインパラを買いつけて動物園に売りさばく決意を固めたのであった。

私の滞在も終わりに近づいたある日、私はドンドに分駐する小隊を訪ねた。ここは、わずか十人で輸送調整業務をしている。マプトよりさらに暑く、雨も多い。孤立した部隊なので、不安なのは治安であった。

夜、酒を酌み交わしながら、黒沢小隊長が言った。このヒトは戦史研究家でもある忠烈の士である。

「ドンドにいる間に、一度でいいから『着剣』って言ってみたいなあ」

部下が言った。

「しかし、小隊長、わが小隊には小銃は一丁しかありません」

「そうだよなあ。ヤリでこられても負けるよなあ。玉砕だよなあ」

これが、本隊から七百キロはなれて孤立する部隊の現状なのであった。

翌日は、部隊派遣以来初めてという休日であった。実に二カ月ぶりだという。私も帰国を前に体など洗いたく、皆で泳ぎにいくことにした。折よく、今浦中隊長も来ている。

モザンビークのアカをゴシゴシと落とした私は潜っていた海から浮上して、そこにありうべかざるモノを見た。

真っ青なモザンビークの空に悠然と浮かぶタコ。生まれて初めて見るらしく、子供たちが群がっている。だれがあげているのかと見れば、なんと、最高指揮官・今浦三佐その人ではないか。呆然とする私に近づいてきた隊員の一人が自慢そうに言った。

「中隊長はタコあげが趣味なのであります」

「こんなもん、どっから持ってきはったんでっか？」

「日本からであります」

私のスルドすぎる頭脳が機密と察知したタコはやはりただのタコなのであった。

「タコなどで驚かないでください」

その隊員は自慢げに続ける。

「山田曹長はフーセンを千コ持っております」

「それも、日本から運んできたの？」

「そうであります。日本に凱旋する時、飛ばすのであります。阪神タイガースのようにしたいのであります」

タコやフーセンを地球の裏まで積んでくる。この前線にして、この銃後アリ。

見上げた空に、ぽつんと泳ぐタコ。長くのびたか細い糸の端を、中隊長が握っている。

それは、一万四千キロをはなれて任務につくかれらの、故郷への思いを示しているようであった。

CIA秘密訓練センターに潜入せり!「今ここにいるバカ」

ああ、ついにこの日が来た。不肖・宮嶋の勇名、海を渡る。

「宮嶋さん、メキシコへ行ってCIAの訓練所で実戦訓練をしませんか」

ヘアーへへアーへと草木も靡《なび》く『スコラ』編集部にあって黙々と軍事オタクを通しているイトーがこう持ちかけて来たとき、私はついにその日が来たことを察知した。CIAが前々から私のことを調査していることを、私のスルドイ情報網はつかんではいた。しかし、こうもあからさまな接触をしてくるとは……。やはり、十一月に身を挺して北朝鮮に潜入し、金日成の巨像の前で同じポーズで記念写真を撮るという偉業が、彼らをつき動かしたのであろう。この私を訓練して、再び北朝鮮へ送り込もうというのか。あるいはハイチあたりで破壊《いず》工作に従事させるのか。

この宮嶋、日の出る国に生を享《う》け、豊葦原《とよあしはら》の瑞穂《みずほ》を食《は》んで三十余年。その恩は海よりも深く、山よりも高い。しかし、ともに自由を守ろうという日米安保が存在する以上、アメリカから力を貸せといわれて断っては、男の一分《いちぶん》が立たぬ。再び死地へと赴く武者震いを抑えて、私はイトーに聞いた。

「それは、ラングレー[*29]からの正式の依頼でっか？」

「いや、映画配給会社からの依頼です」

ゴマ・キャンプの難民よりも貧相なイトーが、CIAのエージェントではないかと一瞬でも信じた私がバカであった。要するに、映画『今、そこにある危機』のプロモーションの一環として、ロケ地を訪ねてくれないかという話なのであった。

トム・クランシー原作、ハリソン・フォード主演のこの映画を、私は既に見ていた。これが、ムチャクチャ面白い。いや、この宮嶋、タダでやらせる女に魂は売っても、メキシコまで連れてってくれるからと言って、映画会社に魂は売らぬ。だが、この映画、ホントに面白いのである。しかも、ひょっとして知らぬ人もいるかも知れないので念のために言っておくと、私は写真界のハリソン・フォードと言われている。この私が行かずして、だれがCIA訓練所に行くであろう。かくして、私は主人公、ジャック・ライアンの如く、シブく機中の人となったのであった。

それにしても、今回の一行はアヤシイ集団であった。私に、ナゼかついてきたゴマ難民のイトー。あとは相乗りのテレビ局のクルーに、旅行会社の添乗員。ヤタというこの添乗員が実にアヤシイ。私と同い年で、防衛大を出て、自衛隊に十年いて一尉にまでなりながら除隊したという人物である。理由は、冷戦構造が崩壊したからだという。

「いや、わかるなあ、その気持ち。いてももうホントの戦争できないですもんね」

イトーがシミジミあいづちをうてば、

「ボスニア行ったら、いつでも外人部隊に入って実弾撃てまっせ」

と私は実に的確なアドバイスをしてあげた。

平和団体が聞けば発狂しそうなこういうシブイ会話をしつつ旅するうちに、気がつくと私はナゼかメキシコではなく、テキサスのヒューストンに到着していたのであった。

ヤタに聞くと、アメリカとメキシコの関係が移民問題をめぐってゴタゴタしているため、現在はテキサスで訓練をしているという。どうもアヤシイ、と私は思った。

翌日、今回の案内をしてくれる元CIAエージェントだというカートというオッサンが現れた。マイケル・アイアンサイドそっくりでどう変装してもバレまくりそうなこのオッサンは私のカメラを見てシブくこう言った。

「ヘイ、ボーイ。オレの顔を正面から撮るんじゃねえぜ」

そして、その五分後には、私と肩を組んで、真っ正面から記念写真におさまっているのであった。

＊29 **［ラングレー］** アメリカCIA本部の所在地。ワシントン郊外にある。CIAを指す時に隠語として使われる。

ますます、アヤシイと私は思った。

そのカートの案内で、いよいよ訓練所へと向かう。なんだか辺鄙《へんぴ》なところにある南テキサス大学なる学校で車を止める。ションベンでもするのかと思えば、なんとここで訓練するというのである。この大学は、ブラスバンド部の連中が来日したとき秋葉原で集団万引をして新聞ネタ[30]になったという、日本でもきわめて親しまれている大学である。

もはやアヤシむヒマもない私の前にSWAT[31]の完全装備の連中が現れた。

「えー、彼らが今日訓練に参加してくれる隊員たちである」

カートはそういうが、隊員たちの胸のバッジには「南テキサス大学警察」と書いてある。なぜ、大学の中にガードマンではなくて、警察、それも完全武装のSWATがいるのであろうか。いや、そもそも、メキシコへ行ってCIAの訓練所でエージェントから訓練を受けるハズが、なぜ私はテキサスの大平原の大学で「南テキサス大学警察」から訓練を受けようとしているのか。

ハプニングがつきものの人生ではあった。ルーマニア内戦では最後のイタリア軍輸送機で脱出し、カンボジアではタケオ基地の門前で野営した。だが、今回の事態はさすがの私の怜悧《れいり》な氷の頭脳の理解をも超越していた。

「ヘイ、ミヤジマ。ユーのコード・ネームは『シエラ[32]』だぜ」

私の混乱とは関係なく、訓練は始まる。最初は講義である。ここで、CIA[33]専用の指紋押捺用紙に、指紋をとられる。ああ、これで私の指紋もラングレー奥深くのクレイ社のスーパー・コンピューターに登録されるのかと思ったら、「ヘイ、ユー。ミヤゲだぜ」と帰りにくれたのであった。

次はSWATによる人質奪還訓練であった。どうやら、ようやくアヤシくない出来事が展開されそうであった。黒覆面にゴーグルをかけた隊員たちは迫力満点。銃がすべて実銃であることを、私のスルドイ目はたちまち見抜き、そっと現場を離れると、荷物から日本から持参したモノを取り出した。

大和男子たるもの、死地に臨むには、下着にいたるまで気を配るべきである。見学とはいえ、いつ流れ弾が飛んできて、この宮嶋をテキサスの土に返すかも知れぬ。その時に、みっともない恰好をしていては国の恥である。私はまず日の丸を取り出し、ポールにくくりつけた。かつて、ノルマンディーの海岸でも私の手で翻《ひるがえ》った日の丸である。つ

＊30【新聞ネタ】ほとんどの新聞が報じていたが「現地に行くまで、まさかあのカス大学とは思わなんだ」

＊31【SWAT】特殊警察部隊。乗っ取り犯逮捕や、人質救出などの時に、突入部隊として使われる。

＊32【シエラ】国際ラジオコードの一つ。アルファ（A）、ブラボー（B）、チャーリー（C）のように、アルファベットを間違えないように、単語の形にしていう。

＊33【CIA専用の指紋押捺用紙】「ただのボール紙」

づいて、軍服を着用した。本来は帝国陸軍のものを着たかったのだが、予算の都合でナゼかフランス外人部隊の大尉の扮装になってしまったのは残念であった。だが、制帽だけはちゃんと皇軍のモノを準備してかぶった。

鏡で見ると、どうみても小野田さん[*34]かポルポト派のようであるが、気は心である。私は颯爽《さっそう》と再び現場へともどったのである。

状況は正にクライマックスを迎えようとしていた。いよいよSWATが人質のいる家屋に突入するのである。しかも、その際にスタン・グレネードを投げ入れるのである。これは、音と光で相手の攻撃力を奪う手榴弾で『ダイ・ハード』なんかにも出てきた。どうやらホンモノのようである。これだけでもはるばる来たかいがあったと、ホントの戦場を知る私らしくシブく防護姿勢を取ったが……。

なにも起きないのであった。

プスとも言わないのであった。

不発なのであった。

面目丸潰れのカートのおっさんはパニックになって、もう一度状況を最初から繰り返させる。だがまた、不発なのであった。

＊34 ［小野田さん］ 小野田寛郎氏。フィリピン、ルバング島から最後の日本兵として投降した。その後、ブラジルへ渡り、牧場を経営。小野田自然塾の主宰者としても知られる。

訓練に参加した元CIAエージェントとSWATの面々。軍艦旗に寄せ書きして彼らにプレゼントすると、むちゃくちゃ喜ばれた。

国松元警察庁長官を狙撃したのと同じ弾丸を使用するSW357マグナムを手にニンマリする宮嶋。

シーンとなってしまった訓練所に、ジリジリと太陽が照りつける。冷静になって見ると、銃も装弾されていないのであった。

「さ、帰ろ、帰ろ。帰ってビールでも飲も」

誰からともなく声が上がる。そして、一行がふりかえると、そこには、日の丸の旗を持った私が立っているのであった。テキサスの大平原に、佇立《ちょりつ》しているのであった。つめたーい視線を全身に浴びて私は仕方なく言った。

「不肖・宮嶋、ただいま帰ってまいりました」

イトーがそのヘラヘラした腕を挙げて私を指さした。そして、こう言った。

「今、ここにいるバカ」

エリツィンに会う。

不肖・宮嶋、齢《よわい》三十三にして天命を知る。

かねてこのことのあらんことを、私のスルドイ頭脳は予期していた。戦後五十年。西にノルマンディーで戦勝国が奢《おご》り高ぶる記念式典を行うと聞けば、単身決死の潜入を敢行、ドイツ軍のヘルメットを被って撮影し、南に硫黄島で英霊を踏みにじる米軍の戦勝式典があると聞けば、行って日章旗を振る。その私に、天は次にモスクワでの使命を与えたもうたのである。

ＶＥ・ＤＡＹ。連合国のヨーロッパ戦線での戦勝日。それを、モスクワで祝うというのである。エリツィン、クリントンの両巨頭が、共に祝うというのである。それだけでも、私が駆けつけねばならぬところだが、実はモスクワは、私にとって因縁の地であった。私が、カメラマンとして初めて素材に選んだのがこの地である。そして、ああ、私が初めて女性を愛し、男になったのもこの地であった。かの森鷗外の「舞姫」にも匹敵する、美しくも悲しい異国の恋については、後ほど詳しく語られるであろう。

実に六年ぶりのモスクワである。単身空港に降り立った私は、その変貌ぶりに驚いた。あちこちに、日本や韓国の企業のネオンが輝いている。かつてカメラを向けると警戒した人々が、笑顔でVサインをしてくる。なにしろ私は、冷戦下のブレジネフ時代に、ここで撮影をした男である。ソ連崩壊後にやってきたその辺の特派員とは違うのである。ましてや、この明るさ、自由の香り。いまや、私のレンズの向くところ、取材に不可能という文字はないであろう。しかも、今回は編集部からの手厚いバックアップがあった。担当のTが言う。「モスクワ在住のYカメラマンに、コーディネイトをお願いしてあります。大船に乗ったつもりでいてください」

Y氏のことは、以前、内戦[*35]のルーマニアで、吹雪の中、もはや絶対に飛行機の来ない空港に「じゃ、がんばってね」のひとことで置き去りにされるという得難い体験を通じて、私もよく存じあげている。あのタフなY氏の援助を受けられるなら、私の今回の取材は磐石《ばんじゃく》であろう。

しかし、百戦危うからぬためには、敵をよく知らねばならぬ。慎重な私は、まず市内にある共同通信の支局を訪ねた。「えーッ、宮嶋さんて、あの宮嶋さん？」支局長が名刺を見るなり叫ぶ。私も有名になったものである。「ゲロ吐いたり、小屋建てたりする、あの宮嶋さんでしょ？」あまり、カメラマンとは思われてないようではある。気を取り直して私は尋ねた。「五十周年のパレードを撮ろうと思うんですが、どのポジションがいいでしょうか？」「プレス・パスはお持ちですよね？」「は？　それ、なんでっか？」

「プール・パスもお持ちですよね」「は？　エリツィンやクリントンはプールで泳ぎながら式典やるんでっか？」

呆れ果てた支局長に聞けば、まずパレードに近づくのに、プレス・パス[*36]がいるのであった。次に、取材するイベントによって、代表取材パス（プール・パス）もいるのであった。これは、イカン、と私は焦った。不肖・宮嶋、一匹狼、代表取材とか記者クラブとかは親の仇と信じている。しかし、どうもそんなことは言ってられないらしい。一瞬眼の前が暗くなった私であったが、すぐに立ち直った。機に臨み、変に応ずるは、わが本能である。私には、東京から手配してあるはずの秘密兵器、コーディネイターのYカメラマンがいる。数時間後、私の金でしこたまメシを食ったY氏に、私は切り出した。「あのー、色々と手伝って……」みなまで言わせずに、Y氏は言った。「あ、ボク今回忙しいの。フライデーの仕事しなきゃいけないから」

ああ、昭和二十年八月九日、日ソ不可侵条約を踏みにじり、ソ連軍の戦車が国境を越

＊35【内戦のルーマニア】’89年12月。戦場カメラマン宮嶋のデビュー現場。まだウブだった彼は、足が震えてピントが定まらなかったという。

＊36【プレス・パス】現場では命の次に大事な記者証明書。ことによっては、これで一般の兵士と身分を区別され一命を拾うこともある。宮嶋は、不必要にプレス・パスを集めるので有名。主に、帰国後、それをひけらかして女を口説くのに使われている。

えたとの報に接した関東軍司令官もかくや。「東京は何やっとんじゃ」と叫んだところで、その声はむなしく赤の広場の闇へと消えていくのであった。かくして、式典を三日後に控え、私は徒手空拳、ただの一観光客のようにモスクワに孤立することになったのである。

だが、不肖・宮嶋、そのようなことで絶望はしない。わが人生、常にこのような場面で天使のような女性が登場し、私を救ってきたのである。それは、あたかもジェームズ・ボンドが危地におちいると、必ず美女が救いに現れるようなものなのである。折しもここはモスクワ。『ロシアより愛をこめて』のタチアナ・ロマノバのような女性が――と、念じていた時のことであった。彼女はホントに現れたのである。

彼女の名は、ベーラ。Y氏に臨時のアシスタントとして雇われていた。因業な、もとい、仕事熱心なそのボスが私と話すのを聞いていた彼女は、あとから私のところへスッとやってきてささやいたのである。「大丈夫、ミヤジマさん。パスがなくても、ちゃんと撮れるところを探しましょう」

パレードは、ポクロンナヤ山から始まり、旧カリーニン通りへと向かう。その途中で一般人が立ち入れて、長い直線を撮影できる場所――。私とベーラは地図を睨《にら》み、捜し回った。一時間もしたころである。「あったわ！」ベーラの顔が輝いた。それは、奇跡のようなポイントであった。「ゴルゴ13」の中でよく、信じられないような狙撃のポイントが描かれるが、そういう場所であった。「ここなら、地下鉄で行ける。私が案内し

後ろ姿なのでよくわからないが、たぶんT−80戦車に違いない。

この日のエリツィンは、シラフのようであった。

左は退役軍人のパレード。右は現役兵士のパレード。

てあげるわ」

彼女の優しい声が、ふと十三年前の私の記憶を甦らせた。ブレジネフ時代のモスクワ。リューダという、二歳年上の女だった。まだ二十歳の私は、その日生まれて初めて女性と、食事をし、手をつなぎ、キスをし、童貞を喪った。彼女のアパートで朝を迎えた私に彼女は言った。「百ドルちょうだい」。ああ、私の初体験の相手は、売春婦なのであった。ついでに、初めて病気をもらったのも、このモスクワなのであった。我が青春の、悲しい、異国の恋であった。

タチアナ・ロマノバは映画の中で、ボンドを裏切ったのであった。そして、私のタチアナも、しっかりと私を裏切ったのであった。約束の五月九日の朝、ベーラは現れなかった。

時間はどんどん迫ってくる。私は機材を担ぐと、地下鉄へと急いだ。汗だくになりながら、路線表を読む。苦闘一時間。しかし、努力は報われた。地上に出た私は、自分が地図で見たドンピシャリの場所に立っていることを知ったのである。眼の前に、長い直線がある。ここから望遠レンズで撮れば、かの業界で有名な私の名作[*37]「皇太子ご結婚の車列」に匹敵する作品が撮れるであろう。

それにしても凄い人込みである。私は辛うじて脚立をたてると、パレードが来る方角に向いて陣取った。

その時、背後から轟音《ごうおん》が響いてきた。振り返ると頭上をミグやヘリの編隊が通過していく。きっと、今からポクロンナヤ山へ向かい、そこで旋回して編隊を組み直し、パレードと共にやってくるのであろう。その時のシブイ光景を思い、私はひとりニヤニヤとした。また、背後から轟音が響いてきた。今度は地上である。振り返ると戦車の車列が近づいて来た。

きっと今からポクロンナヤ山へ——ハッ、どうもイカン、と気付いたのはその瞬間だった。まわりの群衆が「ウラー（万歳）」と叫び始めた。準備に向かう車列に叫ぶであろうか。私のスルドイ頭脳でなくともわかることであった。これは既に、正式なパレードなのであった。そして、私は逆方向を向いて陣取っていたのであった。振り向いて撮影しようにも、群衆が邪魔で撮れない。パレードはあとからあとからやってくる。後塵を拝するとはこのことである。五十年に一度のチャンスを、私は逃してしまったのである。私はヤケクソになって、あらゆる戦闘車両の後ろ姿を撮り続けた。不肖・宮嶋、ロシアの保有する戦闘車両の背後からの写真のコレクションに関しては、世界的である。

＊37［私の名作「皇太子ご結婚の車列」］ いつものように新兵器・宮嶋スペシャル2と称して、無線でストロボをシンクロさせる大がかりな仕掛けを作り、警察が爆弾犯人と間違えて大騒ぎする騒動を巻き起こしつつ、当日イザその時、全く作動せず、ただ単に望遠で撮ったという編集者の間では悪名高いという意味で、記念碑的作品。ストロボが光らなかったので、要するに中が写らずに、車列しか写ってないのである。

もし、そんなものを必要とするヒトがいるならば。

ああ、わが命運いまだ尽きず。このままではどのツラさげて日本に帰れよう、いっそ、[*38]ロシアのオウムにでも入信しようか、とうちひしがれていた私に、一筋の光明が差し込んだ。天は自ら助くる者を助く。なんと、ダメもとで申し込んであった、プール・パスがおりるというではないか。しかも、その取材先を見て、私はぶっとんだ。クレムリン。そこでの、エリツィン・クリントン会談の撮影を許可されたのである。かつての陰謀の巣窟、悪魔の宮殿。十数年前のモスクワで売春婦を撮っていた私にとって、それは百万光年彼方にあるような存在であった。そこに報道として入れるとは。十数年を経て、風俗ライターが官邸詰めになるようなものである。私も偉くなったものである。

五月十日午後。私はクレムリンの庭に足を踏み入れた。木陰に、対空砲を積んだ戦車が配置されているのを、私のスルドイ目は見逃さない。念入りなボディチェックが続く。ここの兵士たちは、カメラを向けると笑うような連中ではない。アフガンやチェチェンで何人も殺しているような目つきである。

やがて、国連の会議場のような広い部屋に入れられる。二時四十分。「アテンション!」という声が響くと共に、エリツィンとクリントンが入場してきた。シブイ。私のイイカゲンな人生の中で、まさかこの二人に会うとは思っていなかった。望遠で見るエリツィンの指は、確かに親指と人指し指が根元からない。別に、詰めたわけではなく、子どものころ手榴弾で遊んでいて、吹っ飛ばしたそうである。

記者たちが次々と質問をする。私も「北方領土はいつ返してくれるんでっか」と聞こうと、一生懸命頭の中で英語を組み立てるが、なかなかつけいるスキがない。

だが——と私はホッとした。パレードは撮りそこなったものの、ここで二人が握手でもしているシブイ写真があれば、なんとか私も日本へ帰れるというものである。やれやれ、と、ちょうど終わったフィルムを巻き戻し始めたときであった。なにやら「サンキュー」という言葉が聞こえた。不肖・宮嶋、学生のころより、敵性言語を学ぶを潔しとしていない。したがって、ここまでの会話の流れを、完全に理解していたとは言いがたい。それにしても「サンキュー」は唐突であった。

なんとなくその語感に、これはイカン、と直感した。はたして、クリントンはエリツィンと握手をしはじめたではないか。ちょ、ちょっと待ったれ！　フィルムは、まだ巻き戻し中である。ひとしきりストロボが光り、ポーズを取るふたり。やっと、巻き戻しの音が止まる。しゃがみこんでフィルムを入れ替え、さあ、と立ち上がると——そこにはもうだれもいなかった。

私のロシアン・ルーレットは、ふたつとも外れたのである。

＊38［ロシアのオウム］「オウムの幹部がロシア女にハマったのだけはよーわかる」

第二章　不肖・宮嶋、自衛隊に従軍す

ギャルを尻目に雪上行軍す。

思い起こせば九二年暮れ、タケオ行きの準備に忙殺されていた私に、防衛庁広報課の草野一尉が声をかけてきたのが始まりだった。カンボジアの奥地に宿泊地も食もなく私を放置しても莞爾《かんじ》としている広報一の豪放磊落《らいらく》人物森田[*39]二佐との交渉に疲弊していた私にとって、草野一尉は実に、緻密な印象を与えた。その彼がおずおずと提案してくださった企画、「厳寒の北海道で、冬季レンジャー訓練に参加してみませんか」というのはなんとも甘い響きを伴って聞こえたのであった。

「しかし、自分は雪山の経験はありませんよ」

「いや、大丈夫です。それに、宿泊は雪山ではなく、国民宿舎です」

「え？　じゃ、温泉とか」

「そうです、そうです」

「きっと、カニも喰えますね」

「そうです、そうです」

「ニセコって、オシャレなスキー場だから、ギャルもいっぱい？」

「そうです、そうです」

かの緻密な草野一尉がニコニコしながらこう言うのだから、間違いない。タケオの疲[*40]れを温泉で癒《いや》すのもよかろう。南方での隊員の活躍の次には、北辺の護《まも》りを見るのもよいではないか。私はひとり頷《うなず》いた。そして、帰国後ただちに北海道へ向かったのである。

ニセコ訓練所は猛吹雪であった。体感温度はマイナス三十度。タケオが四十度だったから、ほとんど人間温度計として人体実験されているようなものである。私の前に現れたのは、見るからに精悍《せいかん》な戦技室長、久保三佐であった。三佐は二等陸士からのたたき上げ。当年とって五十二歳。来年の定年を前に、その技術の全てを伝えようという真摯な決意に溢《あふ》れておられた。開口一番、三佐は温かい言葉をかけてくださった。

「宮嶋さん、完全同行取材だそうで、まことに御苦労さまです。なんでもおっしゃってください」

私も直立不動で決意のほどを伝える。

＊39　［森田二佐］不肖・宮嶋生みの親の一人。「防衛庁を代表する無責任男。このヒトが広報にいるから、日本の安全保障は、まだ大丈夫なのである。現場の指揮官にでもなればえらいことである」
＊40　［タケオの疲れ］「オナニー疲れですわ」？？？

「ええ、装備も万全を期しました。使い捨てカイロだけでも五千円分買ってあります」

出版界のシャイロックとまで言われるドケチ男『週刊文春』グラビアのNデスクが太っ腹にも経費で使い捨てカイロを買うことを認めてくれたのである。しかし、これを聞いた久保三佐の表情にちらと不安の影がよぎった。

「えー、宮嶋さんはスキー歴はどのぐらいでしょうか？」

この質問を待っていた。三佐は私の日本男子としての肝の太さをためしておられるにちがいない。私は胸を張って答えた。

「不肖・宮嶋茂樹、スキー、ゴルフ、テニス、サーフィンといったチャラチャラした亡国の遊戯は一切いたしません。受付嬢、フィルム会社、果ては湾岸戦争取材で行ったイスラエルと、女には手を出してもそういった軟弱スポーツには手を出さないのが宮嶋の自慢であります」

久保三佐の不安の影はますます広がったようであった。

「えー、それでどうやって完全同行取材をなさるのでしょう」

「素足でついていきます」

三佐の表情は不安から、こんな変人を送り込んできた広報への怒りにかわりつつあった。

「体力はありますか？」

むろんある、と答える私。

「人並み以上ですか、以下ですか」

無礼な事を聞くではない。私は不肖・宮嶋茂樹である。

「では、精神力はどうですか？」

ここまで聞かれるに至り、私もだんだんイヤーな予感がし始めたのであった。

久保三佐は大きな溜め息をつくと、言った。

「とにかく、それでは明日の裏山の訓練に参加してみてください。それからどうするか決めましょう」

翌日。マイナス五度。「どうするか」はたちまち決まった。裏山のトレーニングガーデンで、カンジキをつけて、スキーの隊員についていこうとして、十メートルで息があがったのである。

肩から十キロのカメラバッグ。剝き出しのカメラ二台はたちまちキンキンに凍った。一枚もとらないうちにシャッターが下りなくなる。バッテリーはあっという間に消耗して、動かない。きっと、繊細な兵器も厳寒の地ではこうなるのであろう。だから、ロシアの兵器は大まかなのかと妙に納得する。心配した隊員が提案してくれる。

「宮嶋さん、凍ったカメラ、溶かしましょうか」「え？　いい方法があるんでっか？」

ハイテク自衛隊のこと、特殊な秘密兵器があるに違いない、と信じた私の夢は、やおら湯を沸かし始めようとした隊員の前であえなく淡雪のように消えたのであった。

とにかくこれでは同行はおろか、隊員に近づくこともできない。完全同行はすでに夢と消え、要所要所に雪上車などで接近して取材することにしたが、それでも雪の上は歩かねばならぬ。不肖・宮嶋、悪魔に魂を売る思いで、三十一年めにしてスキーを習うことにしたのであった。教官は井上二曹。通常の隊員のスキーは裏に鱗《うろこ》状の物がついていて、後ろへすべらないようになっている。私の場合はシールを付けて逆走を防いだ。斜面を上り下りすること数十回。ようやく、井上教官のOKが出た。「いいでしょう、宮嶋さん。スキーで登るのに関しては合格です」「どうもどうも、お世話かけました」

斜面の上で板を脱ぎ、歩いて下りながら、どうも頭に何かひっかかる。「なんかへんだなー」こんなにしんどいもんをなんでシャバの連中はセッセとやっとるんやろ。井上二曹に聞いて疑問が氷解した。そうか、スキーちゅうんは下りを滑るもんやったんや。

「教官、私も滑り降りたいであります」

「ふむ、やってごらん」

一メートルともたなかった。結局、私のスキーは上りだけに強いという特殊な形態をとることになった。よし、来シーズンはうんとオシャレなスキー場に行って、ゲレンデの中央を思いっきり登ってイヤガラセをしてやろうと決心した宮嶋であった。

ともかく足回りができたので、訓練の要所に出撃し、見学することになった。短期間とはいえ、隊員と同じ環境に身を置くとシャバでは見えなかったいろんなことが見えてくる。

しこたま買い込んだ使い捨てカイロは役に立たなかった。それどころか、汗をかいて仕方がないのである。その汗が下着に染み込み、体温を奪っていく。したがって、隊員たちはみんな肌に直接汗の染み込まないラクダの毛の下着をつける。ノーパンである。

「水をだせ！」命令が下る。

「バカタレ！　水をいっぱいに入れるやつがあるか。川の水はなぜ凍らないか考えろ！」

いっぱいに入れると、水が動かずにすぐ凍るのである。

「アルコールだせ！」

日本酒などは凍ってしまう。ブランデーなどの強い酒が一番である。

「火をだせ！」

意外なことにライターは気化せずに使えないことが多い。マッチが一番確実なのだ。

こうしたことを隊員たちは一つずつ覚えていく。二十六名の隊員は、夏季のレンジャー訓練に合格し、なおかつスキー二級以上の猛者《もさ》ばかり。二人が常に一組になり、お互いを「バディ」と呼び、援護しあう。あるバディは、大阪出身の元ヤンキーと、京都府警の元警官であった。時が時なら、名神高速あたりで追いかけっこしている二人が厳寒のニセコで一本の煙草を分けて吸う。まことに自衛隊の人材の豊富さを痛感したのであった。

雪洞でのローソク一本での宿泊、トイレは足跡を残さぬため、木の幹に向かってする、など実際的な訓練が続く。ちなみに、大小を問わず、用を足すときに露出してられる時間は五分が限度。それ以上は凍傷になる。硬度を必要とする宮嶋としては凍ってもいいかと思ったが、解凍したあとが厄介と聞いて実験を思いとどまった。

二月五日、訓練はいよいよクライマックスを迎えた。今回の最高峰、ニセコアンヌプリへの登頂である。天候を見計らって、最終チェックポイントを出発する。

「あの左前方がアンヌプリだ。これより、登頂作戦を決行する」

久保三佐の訓示に身が引き締まる。

「足を滑らしたら、それまでである。遺体は春の雪解けを待って、収容する（ホントにこう言った）」

「目標、アンヌプリ。冬季遊撃隊、登頂するぞおっ！」

「オーッ！」

それは感動的な光景であった。私はと言えば、私の体を春まで待ってくれない女性は余りに多いため、南側の斜面をリフトでのぼり、皆様の到着を頂上で待ち受けることにした。

転進は帝国陸軍以来の伝統である。山の南側はスキー場になっていて、ノーテンキな音楽が流れている。

しかし、リフトを降りてからの一時間程度の行軍だけでも、私には地獄であった。頂上は、最大瞬間風速三十メートル。立っていられない。ゴーグルについた水滴がガリガリに凍る。昨日怪我をした足から出血し、ブーツの中が血でヌルヌルする。足元の北壁

「ひるむな！　すすめ!!」ブリザードにもめげず、久保三佐を先頭に行軍する隊員たち。

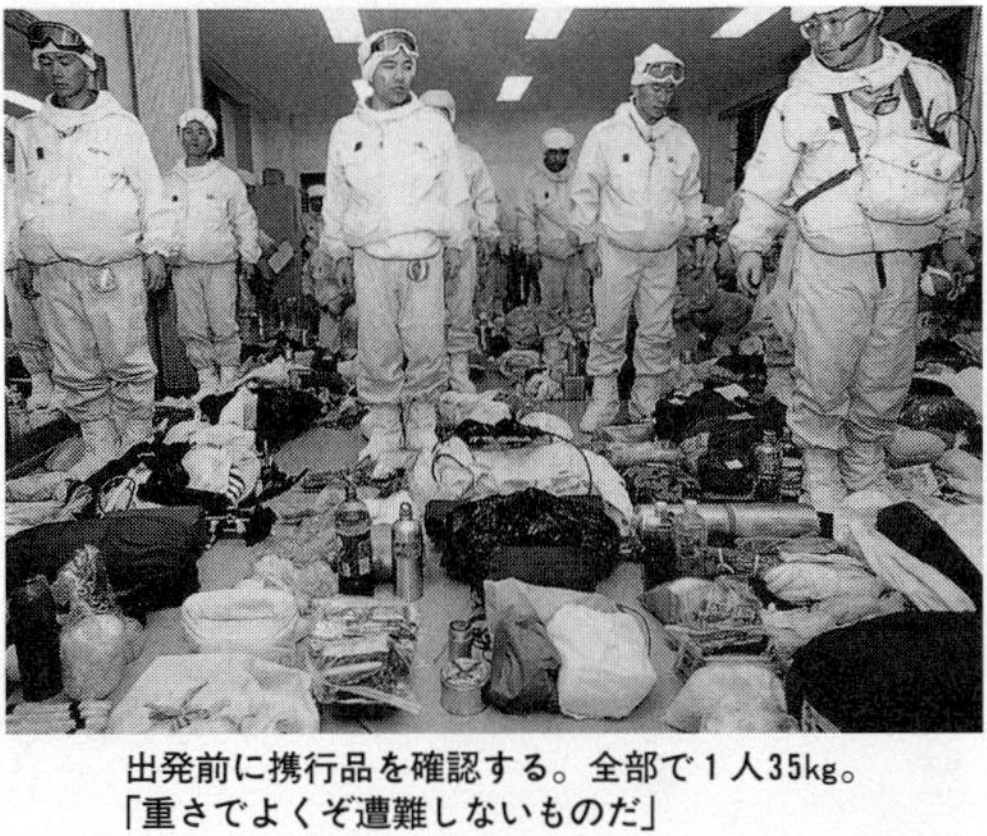

出発前に携行品を確認する。全部で１人35kg。
「重さでよくぞ遭難しないものだ」

はスパッと切れ落ち、足を滑らせればそれまでである。体温がどんどん奪われ、茫然としてくる。このまま眠れたらどんなにいいかと思う。「天[*41]は我を見放したか」八甲田山死の彷徨のセリフが浮かんでくる。しかし、この斜面を、隊員たちは登ってくるのだ。ザイルもない。一人の滑落が全員を巻き込むのを防ぐためである。

隊員たちは突然姿を現した。ブリザードが通り過ぎるたびに「伏せーッ」風がやんだ一瞬をぬって、次々と登頂する。時に正午、感動の一瞬であった。

ここからは楽である。南側の整備されたスキー場を下るだけ。

ラリホー、ラリホーとアホな音楽が流れるなか、ハデなウエアーのアーパーなネーチャンたちをぬって、遊撃隊の勇士たちは列を作って整然と滑り降りて行く。

「エー、なにー？　あれー？」

ギャルが、だまくらかしてうまく本土から彼女を連れてきていい気になってる男に尋ねている。

「なにかな？　ソ連軍かな」

あほたれ、そんなもんがここにおったらエライことやろが！

しかし、そんなアホなカップルでさえ、辛苦に耐えた隊員たちの勇姿の前では暫し無言となるのであった。たとえ元ヤンキーでも元警官でも、本物に研《みが》かれた男の魅力というのは、三万八千円のツアーで来たそんじょそこらのニーチャンにはない何かを発散していたのである。

山頂には私だけが残った。最後の勇姿を撮り終わり、満足の溜め息をつくと、私はカメラを仕舞い、ストックを握り――茫然となった。私の辞書に、スキーで下るという文字はない。

私は板を外し担ぐと、靴だけになって歩きはじめた。霏々《ひひ》と雪が舞い始めた。麓《ふもと》まで二キロ。以前の私なら不安になるところだ。しかし、雪中訓練を経た私には遭難の二文字はない。

黙々と歩く私の横を、ハデなウエアーのネーチャンが、指差して何だか笑いながら通過した。

「――習ったばかりの技術でゲレンデの真ん中に雪洞作って引きずりこんだるど」

ぶつぶつとつぶやいた私を尻目に、彼女たちは軽やかに降りしきる雪の中に消えていった。

＊41 [「天は我を見放したか」] 映画『八甲田山死の彷徨』では、北大路欣也が叫ぶCMがテレビに流れ、流行語となった。

「名誉レンジャー隊員」を拝命す。

遺書のつもりで書いた名著『ああ、堂々の自衛隊』は、増刷につぐ増刷。優雅な印税生活者となりつつある宮嶋茂樹である。

印税生活とは、働かなくとも食えるということである。いままでのように、命を切り売りするようなことをしなくても良いのである。輪転機が私の本を印刷すれば、それ即ちお札を刷っているようなものなのである。

従って、今回お馴染みの森田二佐から「レンジャー訓練に同行しないか」と連絡があった時も、ふむ、と鷹揚《おうよう》に頷いただけだったのであった。待遇もいままでとはちがう。いままでは、私を片道キップで人体実験のように送りだしていた森田二佐が、なんと事前に富士学校[*42]まで同行し、説明を聞きにつれて行ってくれたのだ。ふむ、宮嶋も出世したものである。ま、話を聞いて、ちょちょいのちょいと同行取材をすればいいさ、といささか慢心していたことは否めない。なにしろ、タケオでは野営し、ニセコでは冬季レンジャーに同行した宮嶋である。なんの問題があろう、と。

ああ、驕《おご》りとはかくも恐ろしいものであろうか。思えば、旧軍がその崩壊の端緒を作ったのも、初期作戦の連勝による慢心からであった。私の高慢なハナは、富士学校に着いたその瞬間にへし折られたのである。

今回の訓練の教官を務める山口二佐が登場すると、部屋の空気が一瞬のうちに凍ったようになった。きりりと結ばれた口許。炯々《けいけい》と輝く目。ここまで冗談ばかりたたきながらやってきた私と森田二佐はあわあわと口を閉じた。とてもではないが、軽口をたたける雰囲気ではない。とりあえず、場をもたせようと私はたずねた。

「あのぉ、灰皿いただけますか」

ギロッと山口二佐の目が光った。

「宮嶋さん、煙草をお吸いになる？」

「え、ええ」

「そうですか。自分はやりません。あなたも同行されるなら、やめた方がいいですよ。あ、それから、酒も控えて、できるだけ栄養をつけておいてください」

どうも、ハナシがちがう。続いての説明を聞くうちに、私の背中にびっしょりと汗が滲み出してきた。

＊42 ［富士学校］ 陸上自衛隊富士学校。初級中級幹部を対象に、普通科・特科・機甲科の教育が行われる。

「訓練は四泊五日。横須賀から自衛艦に乗り、伊豆半島某所に上陸。山の中を昼夜兼行で踏破《とうは》します。ほとんど飲まず食わず、眠らずです。参加するのは、全国から選抜された幹部たち。毎日訓練を受け、幹部としての誇りをもった彼らですら、脱落者が出ます。ま、頑張ってください」

私の脳裏に、今日防衛庁を出る時にすれ違った、かの「タケオのゲッペルス」太田三佐のセリフが浮かんだ。

「宮嶋君、レンジャー訓練行くんだって？　しかも富士の山口班長だって？」

いつもの頭に抜けるような声で、太田三佐は実に楽しそうに話しかけてきた。

「ポルポト派に殺されていた方が楽だったと思うよ。ま、せっかくタケオから生きて帰ってきたんだから、こんなところで死なないでね。あとで広報が大変だから」

富士学校からの帰りの車中で私は脱け殻のようになって呆然としていた。人ごとだと思って、横の森田二佐は鼻唄を歌っている。私はぼそっと話しかけた。

「最後のお別れになるかもしれません。当日は横須賀まで見送りに来てください」

「あ、ボクは行けないよ。忙しいもん」

こちらの方も見ずに森田二佐は言った。あの怖い山口二佐にもう一度会いたくないという態度がミエミエであった。しかも、あろうことか続けてこう言うではないか。

「だって、その次の日からT[*43]バックスと硫黄島へ行くんだもーん。翌朝早いんだもーん」

私が伊豆の山中で血ヘドを吐いている時、このヒトはTバックスのおケツを見ているのである。諸行無常。南無阿弥陀仏。いつもながら、私は自らの運命の星を呪ったのであった。

六月二十八日一九〇〇《ひときゅうまるまる》。その日早朝横須賀を出航した我々レンジャー訓練部隊は、伊豆半島某所に上陸した。学生二十名。いずれ劣らぬ猛者だが、すでに三名が脱落している。この日から食料も一日二分の一食に減らされ、疲労の色が濃い。突如上陸してきた顔にドーランを塗った完全武装の部隊を見て、漁師のオッサンたちが仰天している。だが、仰天しているだけで、別に半鐘を鳴らしたり、駐在所に通報したりはしないのであった。これが北朝鮮軍ならどうするのであろう。少し心配になった私であった。

しかし、そんな国防に対する憂慮など、一時間後には吹き飛んでしまった。二〇〇〇《ふたまるまるまる》。移動のために乗ったトラックが止まった（やれやれ、キャンプか。雨も降ってきたし、テント張るのメンドいなあ）。

その思いを、山口二佐の声がたちどころに打ち砕いた。

「前進！」

ちょ、ちょっと待てよ。ここはどことも知れぬ山の中。しかも夜の八時でっせ。とか

＊43【Tバックスと硫黄島】「私のCCガールズ、タケオ慰問計画を横領した森田二佐が、オノレがTバックスと逢いたいばかりに作成した計画」

眠気と闘いながら黙々と伊豆山中を行軍するレンジャーたち。

あまりの疲労で偵察に出て眠り込み、仮設敵に発見され、
部隊全滅の危機をまねいてしまったため、
みんなの前で土下座する隊員。

「小休止！」の号令で、5秒で熟睡。4分30秒後には「出発準備！」の号令がかかる。

なんとか言っているうちに部隊は動きだす。私は焦った。

「ちょっと待ってください。今、懐中電灯とストロボを出しますから」

ヌーッと大魔神のように、山口二佐が私の横に立っていた。

「宮嶋さん、灯は一切使いません。あ、もちろんストロボもダメです」

そんなアホな。肉眼でも見えない光景をどうやって写真に撮れっちゅうんや。

「宮嶋さん、精神力は旧軍以来の伝統です。念写してください」

とはさすがに山口二佐も言わなかったが、かわりに親切にもこんなアドバイスをしてくれた。

「前の学生の鉄帽の後ろに、一センチ四方ほどの夜行塗料のパッチが貼ってあります。それを目印について来てください。足もと？ そんなもの見えません。そのパッチの動きで判断してください。あ、鉄帽はしっかりかぶっていてくださいね。さもないと、頭ぶつけて五分もしないで血まみれになりますから」

はははははは。なんて親切な班長殿。私はカメラをぶんなげそうになった。闇夜のカラスはカアカア鳴くが、闇夜のカメラマンはただの無能である。私はただ彷徨《さまよ》うためだけにここにいるのか。まあいい、次の休息の時にでも頼んでストロボをたかせてもらおう。しかし、それはいつ？ 三十分後？ 一時間後？

「あ、次ですか？ 次のポイントは〇三〇〇です」

私は耳を疑った。この山奥の、雨の、闇の中を、あと七時間も彷徨うのか。

「じゃ、休息は七時間後ですね」

「なに言ってるんですか、宮嶋さん」

山口二佐が初めてニヤーリとした。

「次の休息は、ヘリか車両での移動までありませんよ」

「それはいつですか？」

「三日後です」

闇の中でも、目の前が真っ暗になるという貴重な体験をしたのは実にこの時であった。かくして死の行軍が始まった。私はまだカメラだけだからいい。学生たち[*44]は二十キロ三十キロの荷物である。時々、闇のなかで「うわーっ」という声があがる。学生が足を滑らしたのだ。しかし、だれも助けない。みな自分のことだけで精一杯なのだ。

足が痛い。腰が痛い。もうケツの穴までぐっしょりである。ケツという事を思い出しただけでハラが立つ。いまごろ、森田二佐は硫黄島でTバックスのケツを見ているのであろうか。そもそも、この訓練に私を送り込んだのは、Tバックスから遠ざけようとする陰謀だったのではないか。

時々立ち止まり、赤フィルターをかけたフラッシュライトで地図を確認する。一瞬足

＊44 [学生たちは二十キロ三十キロの荷物] 小銃、弾薬、食料、野営道具。野営道具は使わないのに持たされるのがつらい。

元が照らされる。オバケナメクジ、オバケミミズ、ムカデ、ヤブ蚊がウジャウジャいるのがわかる。こればっかりは見えなくてよかった。

　地図の確認が終わり、隊列が動きだす。しかし、私の前の蛍光パッチが動かぬ。小休止のあと動かぬ兵はすでにこと切れていたというインパール[45]での話を思い出し、あわてて声をかける。ハッとしたように立ち上がる学生。この一瞬の間に木にもたれたまま熟睡していたのであった。立ち上がったはいいが、まったくちがった方向にゆらゆらと歩きだす。すでに、体力気力知力の限界を超えているのだ。こんなことはこれからしばしばあった。

〇三〇〇。予定のポイントに着いた。闇の中に仁王立ちする人影。大魔神・山口二佐である。彼は簡潔に言った。

「一一〇〇までに次のポイントに移動せよ」

四時ごろに太陽の薄明かりが差しはじめたのだけが救いである。しかし、雨は相変わらず降りしぶく。一一〇〇。ポイントに着く。しかし、やはり山口二佐は待ち構えていた。

「一六〇〇までに次のポイントに移動し、通信塔破壊の準備にかかれ」

＊45［インパール］ 太平洋戦争後半、劣勢の日本軍がインド攻略を目指して発動した作戦。峻険な地形や不順な気候、無謀な作戦指揮に、ほとんどの将兵が命を落とした。

無事、富士学校に凱旋。楽団のナマ演奏『ロッキー』のテーマに出迎えられる隊員たち。

レンジャーバッジを授与され、感激のあまり落涙する学生レンジャー。

もう、人間としての尊厳も理性もない。それでも、命令には催眠術にかかったように、体が自然に動く。これが軍隊というものなのか。土砂降りの中、行軍は続く。私は持ってきたチョコレートなどを手当り次第食う。一日二分の一食の学生たちに遠慮して、最初はかくれて食っていたのだが、もうそんなことは言ってられない。学生たちの体力がどんどん消耗していくのがわかる。ときどき「うわーっ」といって、相変わらず人間がころげ落ちていく。しかし、やはりだれもかまう余裕はない。

♬どこまでつづくぬかるみぞ。三日ふた夜を食もなく、雨降りしぶく、鉄兜。

私はこの歌を、これまで原稿のなかでよくパロディーに使ってきた。今、そのバチがあたりつつある。八百万《やおよろず》の神々はやはり私の行動を逐一照覧しておわしたのだ。不肖・宮嶋、もう軍歌をシャレのめしたりしません。天にましますお英霊よ、怒りたもうな。宮嶋を助けてください。山口二佐を、神隠しにでもして、我々の前から消してください！

しかし、奇跡とはそう簡単にはおこらないのであった。一六〇〇、次のポイントに到達した我々の前に、山口二佐はやはり仁王立ちで現れ、いつものようにこう言ったのである。

「次のポイントに一九〇〇までに……」

このころ、私は少し熱っぽくなっていた。どうやらカゼのようである。ついに私はネをあげた。

「あのー、少し熱っぽくて……」

ギロッと、山口二佐が睨《にら》んだ。

「いまさら泣き言を言っても、こんなところでは何もできませんよ。自分の足で、今来た所を、歩いて帰るしかないいんですよ」

まことにもっともである。私は腰を下ろしていたドロの中から立ち上がった。足がふらつく。また闇が迫ってくる。便意があるが、このまま垂れ流してもいいとすら思う。

戦友にささえられ、アメーバ赤痢の下痢を垂れ流しながら歩く兵士——これでは全くインパールではないか。自衛隊最精鋭の部隊に潜入したはずの私は、ついに敗残兵と化したのである。と同時に、おこがましくはあるが、当時南方の地に倒れて行った先人たちの労苦を、万分の一でも偲《しの》べた気がしたのであった。

六月三十日夜、車両で富士演習場に移動した我々は、そこでも不眠不休の訓練を続けた。雨の中を持ってきた小銃は赤錆《あかさび》が浮いている。朦朧《もうろう》とした頭で爆薬をいじっていて信管を強く差し込んでしまい、「バカヤロウ！　ここにいる全員を吹き飛ばす気か」と怒鳴られる学生。偵察に出たまま眠り込んでしまい、全員の前で土下座して謝罪させられた学生。全員体力の限界である。

しかし、明けない夜はない。七月二日〇六〇〇。いつものように我々の前にジープで現れた山口二佐は「次のポイントは」と言わなかった。終わったのである。かわりに彼はこう言った。

「基地では全隊員が、諸君らの帰還を歓迎する。それにふさわしい服装をせんか！」

土砂降りにも拘わらず、基地では全員が出迎えてくれた。

「すべての状況が終わったことを宣言する」

山口二佐はそう言うと、大魔神の表情をかえないままに、隊員一人ひとりと握手をかわしていく。ぐっと奥歯を噛みしめつつも、隊員たちの瞳が潤んでいく。私も涙がこぼれそうになったその時である。

「おお、宮嶋君。本当に完遂したの？」

ニコニコとポルポト派の中のシアヌークのように場違いに現れたのは、森田二佐であった。

「硫黄島でTバックスのケツを追っかけとったんと違うんですか」

「そんな言い方はないだろう。ほら、これ」

森田二佐が取り出したのは、なんと本物のレンジャーバッジではないか。赤と緑のリボンをつけられたそれには、「名誉レンジャー隊員」と書かれたノートの切れっ端が貼られていた。

伊豆山中であれほど罵《ののし》ったことをすっかり忘れて、私は森田二佐にそれを首にかけてもらうと、何度も握手をした。

室内でのことである。ノートの切れっ端の文字がぬれて滲んだのは、決して土砂降りの雨のせいではなかった。

バルジ大作戦に参戦す。

『ああ、堂々の自衛隊』の印税で金色のベンツを買った不肖・宮嶋である。潔さこそが、生きてある意義であると考え、印税全額に加えて借金までしてベンツを買ったので、もうすこしいい下宿に引っ越す余力を失ってしまった。テレビでもすっかり有名になった六畳一間「つつみ荘」の前に金色のベンツを駐車しているため、近所の交番では総会屋ではないかとマークしているという噂の宮嶋茂樹である。

借金を返すために仕事はないかと、いつものように防衛庁内局広報課をウロウロしていると声をかけてくる人がいる。私を数多《あまた》の死地に送り込んで平然としている悪魔の水先案内人・森田展茂二等陸佐である。

「宮嶋くん、いい話がある」

この人のいい話というのは、タケオ基地の門前で野宿をしたり、不眠不休で三日三晩伊豆山中をさまよったりすることである。

「どお、北海道で戦車連隊を指揮してみない？」（ホントにこう言った）

ピク、と私の耳が動いた。

「日本最強と言われる第七師団の演習があるんだ。第七十二戦闘団訓練観閲というんだが、二〇〇両の戦車に千人以上の人員が参加する一大スペクタクルだよ。90式戦車の1500馬力のディーゼルエンジンの音がゴウゴウと響き、宙には武装ヘリが舞う。もう、そこはクルスクかアルデンヌの森か。指揮をするキミはパットンかモントゴメリーか、はたまたロンメルかパイパーか、という気分になれるよ。どう？　行かない？　いやならいいんだけど」

ほんまにこのおっさん、どこ押したらこうペラペラと地名人名が出てくんのじゃ。あんたは軍事オタクか、と思いつつ、しかしその瞬間には、私はいつものように森田二佐の罠にしっかりとからめとられていたのであった。

詳しい説明を聞くと、この演習は第七師団、第七十二戦車連隊を基幹として三夜四日連続の状況下、機甲部隊としての任務遂行能力と練度を第七師団長が直接観閲するというものである。

聞いているだけでゾクゾクと鳥肌が立ってきた。しかし、それでも足りないと思ったか、森田二佐はこう付け加えた。

「キミに90式戦車を一台貸してやる。自由に北海道の原野を駆け巡り、取材したまえ」

（ホントにホントにこう言った）

――という取材のハズで北海道に飛んだ私の前に現れたのはジープであった。90式戦車のハズが、74式でいいんじゃない、になり、いやいやAPC[*46]で充分、いっそダンプで我慢してもらおう、そして辿り着いたのがジープであった。だいたい太平洋くらいのホラをふいて実現すると四畳半くらいになる森田式からすれば、ホンダ・スーパーカブや道産子馬が現れなかっただけでもよしとすべきであろう。

自衛隊に入っていなかったら、恐らくは暴走族をやっていたであろうという感じの、しかし、気立ては非常にいい石川三曹の運転で宿舎に向かった。BOQ[*47]の部屋は非常に快適であった。

一杯やりに隊員クラブへ出掛けたが、カラオケの盛り上がりにけおされて酒を買っただけでひきあげた。

部屋でひとり酒を酌んでいると、出撃前夜の気分である。来し方、行く末に思いを馳せながら私は、感慨無量であった。なにしろ、いよいよ明日には、ホンモノの戦争ゴッコに参加できるのである。

右手に三八式歩兵銃を持って生まれてきたと伝えられるこの宮嶋茂樹、物心ついた時には既にモノサシを持って、戦争ゴッコに参加していた。否、立って歩く前に、ハイハイをしながら「匍匐《ほふく》前進」と呟《つぶや》いていたという伝説も残っている。小学校、中学校と多

＊46［APC］アームド・パーソナル・キャリア。装甲兵員輸送車。
＊47［BOQ］外来者用宿舎。

感な青春時代は一途に戦争ゴッコに向けられた。わが故郷・明石の在所では「宮嶋さんちの戦争坊や」と有名であった。常に敵の上を行く新兵器の開発につとめ、遊びとわりきっている友達の顰蹙《ひんしゅく》を買っていた。この宮嶋にとって、闘いは常に真剣勝負だったのである。しかし、中学生にもなってヘルメットをかぶり、パチンコを撃ちこみながら走り回っているに及び、温かく見守っていた故郷の人々も首を傾《かし》げはじめた。そして、中学二年生のある日、私が天才的叡智を傾けて爆竹ムリョ数十本から開発した「爆弾」が、近所の畑を全焼させ[*48]、警察と消防に呼ばれて調書まで取られるに至り、私は単なるアブナイ少年に転落したのであった。

戦前、駐屯地のある町にはよく兵士の面倒を見る「戦争ばあさん」と呼ばれる人がいて地元の尊敬を集めていたそうである。しかし、明石の「戦争坊や」は石をもて故郷を追われたのであった。天才、故郷にいれられず。以来十数年、長かった雌伏《しふく》の期間を思いつつ、しとどに枕を濡らすうちに、私は眠りについていた。

いよいよ決戦の時きたる。北海道大演習場、紺碧《こんぺき》の空の下に連隊旗[*49]ははためく。キャタピラを接して整列する大戦車群。シブイ、シブすぎる。ここは「バルジ大作戦」のアルデンヌの森か。そういえば、あたりの風景もヨーロッパに似ている。これが、背後にカカシが立って稲刈りでもしていれば、サマにならないであろう。威風堂々居並ぶ精鋭たち。手に持つは最新式のストック折り畳み式の小銃と見た。64式小銃にも似ているが、ドイツ製のヘッケラー・アンド・コックＭＰ５とも似ている。三十連弾倉[*50]を装着したままだ。私をただの兵器マニアだと思う輩はわがベンツのタイヤの露と消えるであろう。日々最新技術の研鑽《けんさん》おこたりない私が、もし某国のスパイであれば、日本の安全保障など、たちまち風前の灯火になるところである。

顔にドーランを塗った隊員たちの前を歩き、戦車や隊員を点検する田村師団長。気分はロンメルかパットンか。たとえカバン持ちでもいい、幕僚のはしくれに加えていただき、気分を味わいたかったのだが、その志願はたちまち却下された。私が勝手に飛び出さないように、広報幹部の尾迫《おぜこ》三尉が、暴走族のようにメンチ切って私を睨《にら》みつけている。

「全員乗車！」「エンジン始動！」一斉に唸りをあげる74式戦車の720馬力のエンジン。「50口径重機関銃に空砲を一発つめ、試射せよ」ブローニング製重機関銃の腹に響く発射音がこだまする。

やがて、全員にスタミナドリンクが配られた。「エイ、エイ、オー」の掛け声と共に

＊48　**［近所の畑を全焼］**「鑑賞用植物の畑だった。消防車がいっぱいきて、賑やかだった」まだ、この人物がカメラマンをやっているだけでもよしとすべきか。

＊49　**［バルジ大作戦］**　第二次大戦末期、ヒトラーが画策したドイツ軍最後の反攻作戦。同名の映画で有名。

＊50　**［ヘッケラー・アンド・コックMP5］**　ドイツ製の突撃銃。MPはマシンピストルの略。

いざ出陣。「エイ、エイ、オー！」と
スタミナドリンクを一気飲みする隊員。

前も後ろも右も左も、見渡す限り74式戦車、戦車、戦車……に乗りホクホクの不肖・宮嶋。

「戦車兵には拳銃がよく似合う」

戦況が統裁部にもたらされる。
「まるで、『バルジ大作戦』を見ているようだった」

一気に飲み干す。古《いにしえ》の武士は、杯を飲み干すとそれを砕き、征《ゆ》きて還らずの心意気を示したという。この演習でも、かつては古式にのっとり、杯で日本酒を干したあと、砕いていたらしい。

「考えてみれば、あれは飲酒運転だったな」あとで、森田二佐が大発見をしたように言っていた。実は彼は北海道で施設中隊をまかされ、この演習に参加したことがあるのである。このヒトが日本酒を飲み干し、機甲施設部隊を指揮していた時代があるのだから恐ろしいことである。旧ソ連がこの事実を知っていれば、いまごろ北海道に行くにはビザが要り、札幌はサンクト・サッポロフスクとか呼ばれていたであろう。

さて、対する仮設敵の赤軍は第七十一戦車連隊を中心とし、五十九両の戦車、二十七両の車両に四百人の隊員という陣容である。これに対して味方・青軍は三日目早朝に総攻撃をかけ、敵先遣部隊を後方に追いやり、敵主力部隊とぶつかった時点ですみやかに後退、敵の反撃に備えるという作戦を立てていた。

それにしても、冷戦構造の終わった今、敵の事を赤軍というのはリアリティがない。せき軍ではなくあか軍なのだろうが、もうちょっと敵愾心《てきがいしん》の湧きそうな名前にしてはどうであろうか、とさっそくスルドク思いついた私は尾迫三尉に話しかけた。

「[*51]アイディード将軍派軍なんてどうでっか」

ジロリと睨む三尉。

「具体的だとまずいんなら、それとなく連想を呼ぶ形で、北軍とか、ポト軍とか」

「だまって仕事なさってください」

一四〇〇《ひとよんまるまる》、状況開始。目の前で戦車が燃え上がったり、地雷で足を吹っ飛ばされる兵士がいたり、帝国陸軍以来の伝統、丸太を持って戦車のキャタピラにつっこんだり、アンパンといわれる爆弾を抱いて戦車の前に身を投げ出したり、砲塔に馬乗りになりハッチから手榴弾を放り込んだり、銃剣をつけて突撃したり、ワクワクして見ている私の思惑とは違い、そういうことはないのであった。

いや、なにも精神主義はやめたからとか、演習だからヒトが死なないとか、そういうことではなくて、近代戦というものは、そうそう目の前でわかるかたちで展開されるものではないのである。

特に、戦車戦では先に相手を発見した方が圧倒的に有利である。技術の進歩で、弾を発射すれば、命中精度は非常に高い。いわば、剣豪同士の一騎討ちみたいなもので、どちらかが倒れる。だから、カメラマン如きに先に発見されるようではダメなのである。

目の前でドンパチを期待していた私は、だんだんなあんだというキブンになってきた。どこかで、戦闘が始まったと情報を得て駆けつけたころには、もう終わってしまっているのである。実戦なら黒煙をあげて燃える戦車だけで絵になるのだが、そこは演習なので、ヤレヤレといった感じでやられた戦車の上でオッサンが煙草を吸っていたりする。

＊51 【アイディード将軍派軍】ソマリアで米軍と戦った、悪名高い武装ギャング団。

多少の悪路は鋼鉄のキャタピラで踏み越える。

底なしの泥沼にはまりこみ、鉄の棺桶と化した74式戦車。このまま朽ちるにまかせるわけではなく、後でちゃあんと戦車回収車に助けられた。

あまり知られていないが、ＢＣ兵器を使用された場合でも、74式戦車には神経ガスを除去してしまう装置がある。もちろん、外ではマスク着用は当然。

もっとも、司令部にあたる統裁部に行くと、ちょっぴり現場の雰囲気が味わえた。大きな作戦図の上に兵棋が置かれ、有線無線が飛び込んでくる。「〇一Ａ《まるひとアルファ》、こちら二〇《ふたまる》Ａ《アルファ》、送れ！」「青軍、メガネ橋付近で偵察部隊と交戦中！」「三中隊、らくだ付近に一五〇〇進出。同地を確保した」

まるで映画のようでなかなかシブイ。しかし、[*52]二〇三高地の乃木《のぎ》将軍のように軍刀をかかえ一点を見つめていたりとか、インパールの牟田口《むたぐち》中将のように怒鳴りちらしたりとかそういう劇的な要素というのはなく、黙々と幹部たちがデータをパソコンに打ち込んでいく。ここでも、やはり近代戦はクールなのであった。

しかし、二日目から戦況はやや私の望むようになってきた。ここに至り理解したことだが、要するに味方が負けているほうが、目の前でドンパチやってくれて私としては楽しいのであった。

戦車が機銃をバリバリ撃ちながら侵入していく。つづいてＡＰＣに乗った施設部隊がやってきて、梱包爆薬で地雷原を誘爆させ、またそこを戦車が進む。その繰り返しである。実際の命のやりとりがなければ、戦争とはなかなか退屈なモノなのである。

はじめのうちはその繰り返しにフムフムこれは仕事になる、と喜んでいたが、そのうちに私のスルドい頭脳はこれはイカンのではないかと察知しはじめた。どうも、味方の戦車がやられるケースが多いような気がする。その危惧は、翌日現実のものとなるのである。

三日目早朝、いよいよ総攻撃がはじまった。私はこの歴史的決戦を見んと、ボウズ山というふざけた名前の高地にいた。乃木は二〇三高地でよかった。こんな名前の山の奪い合いで兵隊をあれだけ殺しては、クビであろう。

見渡す限りの平原を戦車が進んでいく。上空には武装ヘリの航空支援。堂々たる風景である。私たちの周りには、師団長以下幕僚たちが双眼鏡を目にあてている。〇八〇〇、74式戦車の群れが最高速度で突撃を開始した。砂煙をあげ、機銃を連射しながらの進撃。ところが、である。次の瞬間戦車は次々と停止し、その上に旗が掲げられた。なんと、わが軍は隠れていた敵、90式戦車の待ち伏せの餌食になってしまったのであった。

結局、作戦は攻撃側の七割が損害を受けるという結果に終わった。玉砕は旧軍以来の伝統である。その潔さに、私は北の護《まも》りの確かさを感じたのであった。

――ソ連がなくなってよかった。

演習後、昔の演習の話を聞いた。昔は偵察も命懸けだったという。どちらも興奮しているので、つかまえたら半殺しの目にあわせたり、身ぐるみ剥いだり、木刀もって追い掛けまわしたり、結構むちゃくちゃやったらしい。夜襲をかけて逆に捕まると、縛りあげられたりもしたという。

＊52［二〇三高地の乃木将軍］「本当はどうだったのか知らないが、映画『二〇三高地』の仲代達也はそうだった」

演習開始の時の訓示の中に、自衛隊のきまり文句「なくすな、こわすな、けがするな」というあたかも私に言っているかのような文章があったが、無責任な私にしてみれば、「相手を半殺しにしてまえ」ぐらい言ってもいいのではないかと思った。なんだか自衛隊はそれぐらいの方が私は頼もしくて好きである。

演習はそのモットー通りに無事終わったようであった。優秀な精鋭たちはその任務を果たした。私はといえば——ヤケドして自衛隊従軍取材連続負傷記録をさらに延ばした。不肖・宮嶋、報道の任務完遂のためには、この五尺八寸の身が四散するとも悔やまぬ。今回も身を挺《てい》して戦車の接近写を試み、空砲の熱風でヤケドを負った、のではない。コーフンして宿舎で寝ていた私は、90式戦車に肉弾攻撃をかける夢を見ていた。戦車は砲塔をまわして、砲で私を払い落とそうとする。そうはさせじとする私は、砲をむんずとつかんだ。熱かった。それは、傍らで燃えるストーブの煙突だったのである。

地獄の「八甲田山死の彷徨」

「地獄からの死者」、内局広報課の森田二佐からのファックスは、いつものように突然やってきた。「死の八甲田より生還を祈る」そのおどろおどろしい文字は、防衛庁のキャラクターである、ピクルス王子とパセリちゃんのかわいい便箋の上に書かれていた。死へ臨む私の緊張をいくらかでも和らげようという森田二佐のあり難い志に、涙がこぼれた。

気温四十度のモザンビークの戦塵をも、いまだ落としきれぬ宮嶋に、またも大命は降下したのであった。それも、零下二十度、極寒の八甲田山中の雪中行軍に同行せよとの指令である。不肖・宮嶋、昨年の北海道での冬季レンジャー経験者である。チャラチャラしたスポーツは一切しないという家訓を曲げてまでスキーを訓練し、下ることはできぬが、登るに不自由しないという高等戦技を習得した私である。この私ならずして、誰がこの極限状態に耐え得よう。

日ならずして防衛庁に出頭した私に、森田二佐はいつものねこなで声で言った。「なあに、雪上車に乗ってればいいだけの、楽な取材だよ」。別の幹部も言った。「天気さえよければ、ピクニックみたいなもんだよ」

勇躍、私も答える。「不肖・宮嶋、生まれは明石。明石と言えば、六甲山が裏庭みたいなものであります。六甲と八甲といえば二甲違うだけ。大船に乗ったつもりでお待ちください。きっと成果を上げて帰ってきます」

「うむ」（ナニがうむ、なのか？）重々しく頷く森田二佐に一礼し、私は青森への壮途についたのであった。

八甲田山といえば新田次郎の小説『八甲田山死の彷徨』で知られる。明治三十五年、青森の歩兵第五連隊が雪中行軍中に遭難、実に二百十名中百九十九名が死亡したという惨事であった。

今回、この同じルートを自衛隊員四百名が踏破しようというのである。部隊名は奇《く》しくも同じ第五連隊。九十二年前の屈辱をここにすすぐ。ああ、なんと言う壮挙であろう。同じ過ちを繰り返すはこれを愚という。この度は、我に近代装備あり。しかも、青森の空は青く微笑んでいる。勝算あり、と乗りこんだ第五連隊司令部で、私は広報の素朴な出迎えを受けた。

「まあ、まんず遠いところまで、よくおこスくださったなあ。先日はウチのハシバ士長が、まんず、お世話になって……」

ハシバ士長というのはこの連隊の美人婦人自衛官である。私がだまくらかして東京へ拉致《らち》し、『週刊文春』[*53]の婦人自衛官特集に登場させたのであった。撮影後、六本木のイタリアン・レストランで食事をしたところ、エスカルゴを見て「それは、ツブ（貝）ですか？」といったという、アーパー・ギャルばっこする昨今には稀な、純朴なお嬢さんなのであった。

そこまでは良かった。だが、私は広報の次の言葉を聞いて、仰天した。

「お連れの方はもうおこスになって、スキーの練習スてますよ」

不肖・宮嶋、寝るときは二人、否、時に三人ということはあっても、仕事は必ず一人でする。常に独占取材が私のモットーである。なにかの間違いだろう、という私に広報は言った。

「あ、フォンカス、、、、のフクダカメラマンでス」

天は我を見放したか!!　なぜ、ここまで来てわが『週刊文春』のライバル誌と共同取材をせねばならないのか。しかもフクダ氏[*54]といえば、数々の修羅場で戦った宿敵である。

裏山に出てみると、はたしてそのフクダ氏が狸のような顔を真っ赤にして、スキーの

＊53【『週刊文春』の婦人自衛官特集】これで味をしめた宮嶋は、そのあと『スコラ』でも婦人自衛官特集。さらにはそれをムックにして、荒稼ぎした。

＊54【フクダ氏】福田正紀氏。『フォーカス』のカメラマンとして活躍。「狸のような顔そのままに人柄がいい」

練習をしているではないか。私を見ると彼は言った。

「いやあ、久しぶりのスキーなんで、先週苗場へ行って、インストラクターのおねえちゃんに鍛え直してもらったんよ」

「現代のハル・ノート」スーパー301条発動に、日米開戦の風雲急を告げるこの時になんという軟弱、なんという堕落。この男だけには負けてはイカンと、私はブリーフの紐を締め直したのであった。

「いやあ、当日もこの陽気だといいんですがね」「そうですね」

そんな会話を交わしながら、私はハッとなった。どこかで聞いたセリフ。そう、九十二年前、当時の友田旅団長から「冬の八甲田を歩いてみないかね」と言われ、引き受けたものの、結果としてライバル同士となり死力をつくした、弘前第三十一連隊の福島大尉と、青森第五連隊の神成大尉の会話に、それはあまりにも酷似していたのである。表面は互いの健闘を祈りながら、水面下で火花を散らすふたり。結果は、遭難した神成部隊を、福島部隊が発見、救助することになる。我々のどちらが福島大尉になるのか。戦いは既にはじまっているのであった。

いよいよ、決戦の朝は来た。我々の志をためすかのように、その日は朝から猛吹雪であった。張り出された天気図には五目並べのように低気圧が行列していた。あらゆる警報が出され、ニュースは繰り返し「海や山には近づかぬように」と言っていた。まことにもっともな意見である。状況は正に九十二年前に酷似しつつあった。ふと、ふりかえると連隊の上級指揮官であり、今回は留守居をされる第九師団長がおられる。その顔は苦渋に満ちていた（きっと、苦しい決断をされようとしているのだ。訓練の中止を言われようとしているのだ）。見上げる私の視線をハッシと受け止められた師団長は、頷くと重々しく言われたのであった。「きびしいですねえ、まあ、私がやるわけではありませんから」（むろん、御冗談であられる）

有り難い師団長のお言葉を背に、二月二十二日〇八三〇《まるはちさんまる》、連隊はいよいよ出発する。暴風に連隊旗はためく中、幸畑の陸軍墓地で献花が行われる。

「不幸にもこの地に倒れられた諸先輩のご遺志を奉じ、我等五百名第五連隊はいまから八甲田演習に向かいます。願わくは皆様英霊の御加護を賜《たまわ》らんことを」

連隊長田川一佐の訓示に、そぞろに伝う涙も風がふきちぎっていく。

私はジープで先回りをし、撮影に入った。ジープから一歩おりた途端、私は首まで雪の中にいた。積雪三メートル。雪地獄の始まりである。しかし、その中を隊員たちは寒冷地天幕、機関銃、87式対戦車誘導弾及び発射装置三セット、64式八一ミリ迫撃砲六門、一〇七ミリ重迫撃砲二門などを運搬しつつ進むのである。それらはアキオ[*55]と呼ばれるソリにのせられ一台につき五人掛かりで運んでいく。

気温マイナス四度、風速十八メートル。八甲田は次第にその本性を表しつつあった。

＊55［アキオと呼ばれるソリ］元はフィンランド製。スキーを履いた人間が引っ張る。

水筒の水は既に凍りついている。顔がちぎれるように痛い。いよいよ、私もスキーを履きついていこうとするが、登りのみの私の技術ではムリである。カンシャクを起こした私はスキーを脱ぎ捨て、カンジキを履いて部隊を追及する。昼食を終え、午後になっても気温は下がり続ける。宿営地についた時には、体は汗みどろなのに、ジャケットの表面は氷でガチガチという状態であった。

この夜、宿営地の積雪は二メートル四十、風速は三十メートルを記録する。下山後知ったのだが、下界では猛吹雪で山岳遭難が続出し、交通網もズタズタになっていたのであった。

翌日は更に天候は悪化した。もはや、支援の雪上車もついてはこれない。雪上車とわかれる時に、私たちは広報に聞かれた。「どうします、ひきあげますか?」正直言って、帰りたかった。だが、隣を見ると、フクダカメラマンも雪まみれの狸のような顔でこちらを窺《うかが》っている。ああ、九十二年前と同じ状況であった。互いの行動が気になり、撤退の時機を逸したのであった。この判断が、私の命を奪うかもしれない。「宮嶋の辞書に撤退の二文字はないっ!」私が叫ぶと、フクダ氏も、うんうんと頷いた。我々の運命が決まった瞬間であった。

ところが、下山後聞いたところでは、ここで私が音《ね》をあげたという悪意に満ちた情報が一部で流されていたようである。内局の広報では、森田二佐が嬉しそうに、「あのばあか。やはり俺がついて行って、ストックでケツをつついて歩かせれば良かったな」と言っていたそうである。本人は「そんなこと、言うわけないじゃん」と言っているが、私の情報網を見くびっては困る。内局も、もう少し防諜に気を配るべきであろう。

かくして、また歩き出す。そこは想像を絶する世界であった。八甲田では雪は下から降る。零下十度、風速三十メートル。初め、カメラは真っ白になった。白いブランコはいいが、白いカメラはただの漬物石である。ところが、そのうちにカメラは再び黒くなる。さらに風が強くなって、雪すら付かなくなったのである。手足の爪先が痛い。凍傷の前兆である。実際、山中に三泊するうちに何人かの隊員が凍傷の疑いで後送されていった。

事前に貰った解説書に、八甲田の悲劇を歌った軍歌「陸奥の吹雪」が印刷されてあった。歌詞は四番の「雪降らば降れ我々の、勇気をここに試しみん」までしかなかったが、実はこれが大きなペテンであった。軍歌オタクの宮嶋をなめて貰っては困る。この歌は本当は十番まであり、その七番などは「凍えこごえて手の指の、みるみる落ちし者もあり」などという、まことにオソロシイものなのである。いまやこの状況では、それはまったく冗談ではなかった。

一五〇〇、その日の宿営地に着く。ともかくここまでたどり着いて、私はホッとした。明日はもう下りだけである。ライバルのフクダ氏と私のどちらかが、神成大尉の運命になることは避けられたようであった。ところが、天は最後に、落とし穴を用意していたのである。

明治35年、救援の伝令に出たものの力尽き、立ったまま仮死状態で発見された後藤伍長の銅像の前に立つ、田川連隊長。このヒトは別に仮死したのではない。

「連隊前へ!!」最悪の天候下を、
400名はスキーで行軍を開始した。

フィンランド製のアキオと呼ばれるソリに重迫撃砲を積みこみ、交代で引っ張る（現在は日本製のソリを使用）。

恐るべき事態がおきたのは、二日目の夜中であった。外界は白魔が荒れ狂っている。我々は小さな天幕の中でエア・マットの上でおしくら饅頭のようにして寝た。私の隣は、ライバル、フクダ氏であった。ああ、八甲田に散った軍神も照覧あれ。天地神明に誓って、私は敵の足を引っ張るようなことはしていない。しかし、ナゼか翌朝になるとフクダ氏はマットから蹴落とされ、腹を雪の上につけた状態で発見されたのであった。泡の中のマットに乗り慣れた私との経験の差が出たと言うべきであろう。辛うじて一命をとりとめたフクダ氏であったが、猛烈なゲリにおそわれることとなった。なにしろ「手の指の、みるみる落ち」る寒さである。そこでケツを丸だしにすることは、すなわち死を意味する。手の指よりもっと大事なモノが「みるみる落ち」たりしてはえらいことである。下痢のせいで消耗は早まる。まさに天は我を見放した、神成大尉状態であった。そして神は私に、ライバルを救助する、福島大尉の役割を与えたのである。

軍律きびしきなかなれど、これが見捨てておかりょうか。私は、しこたま持参したチョコレートを提供し、消耗していく彼を死の淵から救ったのであった。ああ、全国の宮嶋ファンの婦女子よ、もって瞑《めい》すべし。あなたがたのバレンタインのプレゼントが、ひとりのカメラマンの命を救ったのである。九十二年前、遭難した第五連隊を発見、救助に当たったのも、ライバルの第三十一連隊であった。因果はめぐる風車。この過酷な状況下では、敵も味方もないことを、私は身をもって実感したのであった。

最終日、比較的楽な下りをこなした部隊は、小畑沢に凱旋した。はかったように、吹雪はやみ青空がひろがった。

師団広報部に戻ると、テレビはオリンピック[*56]の日本複合の金メダルと、吹雪による各地の被害のニュースでもちきりであった。

いくらかでも人間のこころを持ち合わせていれば、距離スキーをはいた荻原選手たちの映像と、雪中行軍をかさねあわせ、さらには大荒れの海山のニュースを聞けば、私たちの運命を案ずるのは当然であろう。

事実、フクダ氏の元には『フォーカス』編集部から心配の電話が入っていた。

私には——なにもなかった。

「あの、内局広報から、なにか心配とか、そう電話は？」

「ありません」

「週刊文春からは？」

「ありません」

労多くして報われることのない、私に相応しいフィナーレであった。そして、それは、隊員たちにも同じである。無事に終わって当然というのが、この過酷な訓練なのである。

テレビを見ると、また胸に金メダルをかけた複合の選手たちの映像を流していた。同

＊56［オリンピック日本複合の金メダル］ 世界の荻原が広く知られ渡った瞬間。記憶の底に、札幌五輪の笠谷のジャンプ金メダルがある宮嶋は感動した。

じ距離スキーを履いていても、隊員たちの胸にはなにもない。

しかし、ひとりひとりの心の中には、任務を達成した金メダルが、またひとつ増えているはずであった。

硫黄島の英霊と酒を酌み交わす。

不肖・宮嶋、兵庫は明石の国に生を享けて三十余年、いまでこそ憂国の赤誠を人ぞ知るとはいえ、初めからこのような人格であったわけではない。自衛隊の諸先輩を始め、多くの偉大な先達の皆様が私を引き回してくださったのはもちろんであるが、その原点には一編の映画があった。幼き頃、父が神戸は新開地の映画館まで見に連れていってくれたアメリカ映画『ＩＷＯＪＩＭＡ』である。

それは米軍サイドから十六ミリ・カラーフィルムで撮られた映画であったが、わずか二十二平方キロのちっぽけな島を巡り、日米双方で五万人近い死傷者を出した戦闘の映像は、壮絶であった。梅檀《せんだん》は双葉より芳《かんば》し。今日このような創造力をほしいままにするほど、繊細な感受性を持つ私である。この映画から受けた影響ははかりしれないものがあった。

その硫黄島へ行くのである。わが軍一万九千九百柱の英霊が眠りたまう島へ行くのである。しかも、これは民間人のカメラマンとしてはきわめて希有《けう》のことという。今、その打合せに立つ、通い慣れた防衛庁広報課の空気すら、一瞬引き締まって覚える。もとより、宮嶋、この一命を惜しむものではない。かの島で戦い抜いた将兵のように、たとえ泥水をすすり、サソリを食い、五十度を超す壕の中で野宿しようとも、任務を完遂する所存である。

しかし、広報の草野一尉は、そうした私の覚悟を一笑に付した。

「宮嶋さん、硫黄島は今では自衛隊の大切な前線基地です。隊員たちが快適な勤務ができるように、あらゆる設備が整っています。エアコンのきいた部屋でゆっくりしてきてください」（ホントにこう言った）

「いや、それでは英霊に申し訳がたちません。一晩でもいい。当時の労苦をしのぶべく壕に泊まらせてください」

必死の私の視線を受け止めた草野一尉の目が、心なしか潤んでいる。しかし、彼もまた軍人。命令は絶対である。草野一尉は、ぐっと私の肩を摑《つか》むと言った。

「宮嶋さん、あなたの心は痛いほどわかる。しかし、規則は規則です。壕に人を泊めることはできない。実に残念です」（ホントにホントにこう言った）

防衛庁を出ると、早くも梅雨の走りの雨が落ちはじめていた。私はアパートに帰る途中で、一束の線香を買った。そして、カメラバッグの底に、折れぬように丁寧に入れた。

ついにこの足、硫黄島の土を踏む。小笠原兵団長・栗林中将[*57]が踏んだ土である。馬術で世界にその名を知られた「バロン西」[*58]こと、西中佐の踏んだ土である。そして、激烈な戦闘の後に、彼らが還った土である。

ガザ地区に帰ったアラファトのように、私が大地に接吻《せっぷん》をしようとした時である。私の視野に、ケッタイな恰好をしたオッサンが入った。何やら、半ズボンに白いハイソックス、白い革靴にリビングストンみたいな探検帽でよちよち歩いている。どうみても、ボーイスカウトのオッサンである。今にも、「ジャーンボリー、ジャンボリ」とか歌いだしそうである。なんで、東京から三千キロも離れた絶海の孤島に民間人がいるのかと思いつつも、私の鋭敏な頭脳はスルドくボーイスカウトの敬礼を思い出して、三本指を額に当てた。ところが、オッサンは、ちゃんと自衛隊式の敬礼を返すではないか。

彼は、副長の兼田二佐なのであった。硫黄島の過酷な気象のために、自衛隊で唯一、このような変わった制服が着用されているのであった。後で聞くと「はじめは恥ずかしいが慣れると、股間を風が渡り、インキンにならずに便利」とのことであった。さすがは、合理主義を旨とするわが自衛隊である。

兼田二佐からさっそく案内係の青木二曹の紹介を受け、彼の車で島内巡りに出発する。想像を絶する自然環境である。硫黄島は、海底から聳《そび》える二千メートル近い火山の頂上

＊**57**【**栗林中将**】栗林忠道中将。硫黄島守備隊長。
＊**58**【**バロン西**】一九三二年のロサンゼルス五輪で馬術で金メダルをとった西竹一。「上陸用舟艇に馬で軍刀を掲げて突撃したんでっしゃろ」そういう史実はない。

部に当たる。普賢《ふげん》岳の火口に人間が住んでいるようなものである。つい三千年前までに一度は島全体が海に沈んだ形跡があるという。現に、島中央のスリバチ山は、終戦当時よりも二メートルも高くなっている。

しかし、そんな地殻変動以上にスリバチ山の形を変えたのは、米軍の猛砲撃であった。時に昭和二十年二月。栗林中将率いる二万千二百名の守備隊のもとに、七万五千百四十四名の米軍が襲いかかったのである。支援する海軍部隊は二十五万。戦艦実に十五隻。これに対し、栗林中将は、全島に壕を巡らし、徹底的な持久戦に出た。このため、米軍は二十二平方キロの島に七十五万発二万トン、実に一ヘクタールあたり十トンの砲弾を撃ち込みながら、わが軍で空襲、艦砲射撃で死亡したのは一パーセントにも満たないといわれている。壕こそ硫黄島の戦いの生命線であり、その壕がまた、将兵の墓場となったのである。

まずは天山の慰霊碑にぬかずき、持参の線香を捧げる。しかし、この宮嶋、自国の将兵の霊のみを慰めて満足するほど狭量ではない。次に行ったのは、スリバチ山の米軍の戦勝記念碑であった。これは、有名なAP通信[*59]のローゼンタール・カメラマンの写真をもとにつくられたものである。同じ構図の記念碑はアメリカ本国のアーリントン墓地にもある。まさにカメラマン冥利につきるというものである。

実は一時期、カンボジア[*60]のタケオ基地跡地にも、スキンヘッドの隊員たちを集めた私のかの有名な写真をもとに、記念碑が建つ予定だったが、頭の照り返しで付近住民が迷惑するとの理由で中止になったと聞く。まことに残念なことである。

両国の英霊に挨拶を済ませたところで、青木二曹は私をいよいよ壕へと連れて行った。まずは通称「サウナ壕」である。戦死者の出なかった壕を利用し、出口をビニールで覆ってサウナとして使っている。中に入って仰天した。暑い。とにかく暑い。

湾岸の灼熱の砂も体験した。ペルシャ湾の掃海艇の上で炒《い》られもした。モザンビークで赤道の暑さも知った。しかし、この暑さはそのどれとも違う。文字通りサウナ、全身の水分が搾り取られるような暑さ。不快指数にすれば千パーセントといったところか。全体力が抜けていくように消耗する。外に出ると、この硫黄島の暑さが、まるでエアコンの部屋のようである。

ああ、この宮嶋、未だ修行の足りなさに泣く。何という未熟、なんという虚弱。このような過酷な状況とも知らずに、厚かましくも壕で寝るなどと放言していたとは。この

＊59 ［AP通信のローゼンタール］第一回のピューリッツァ賞受賞カメラマン。「要するに、これ一発で有名になって、ひとヤマ当てたわけや」この写真の中の一人は、素行が悪くなったため、後に写真から消されたという。

＊60 ［カンボジアのタケオ基地跡］『ああ、堂々の自衛隊』の表紙を飾った写真。これだけのスキンヘッドを集めるのは大変だったという。この写真の中の一人は、素行が悪くなったため、後に写真から消された——という事実はない。

日本で唯一、半ズボン制服の自衛隊員たち。

タロイモを掘る地元民ではなく、
基地司令の山口一佐。惜しくも
現役のまま急死された（合掌）。

スリバチ山を望む島内ゴルフコース。

天空風呂。内地を望み、何を思うのか……

壕の入り口をビニールで塞いだ天然のサウナ。

ような状況下で数カ月を耐え抜いた英霊の労苦を思えば、一晩など何程でもないハズである。しかし、この未熟な宮嶋にはそれすら耐えられぬ。一晩で私は冷蔵庫の野菜カゴでひと月忘れられていたナスビのようになるであろう。

草野一尉が規則をタテに、壕での宿泊を思い止まらせたのには、私の身体を思う熱い心があったのである。

私の頬に光ったのは、汗ばかりではあるまい。壕から出てくると私は、不思議そうに見守る青木二曹の前で、深く東京の方角に頭を下げたのであった。

戦災は忘れたころにやって来る。待ちつづけて数年、私の先妻は決してやって来ないが災いはきっちりとやって来たのであった。

壕の灼熱地獄を体感した身には、宿舎のエアコンは天国であった。その夜、私は幹部宿舎の居酒屋『あしからず亭』*61で、皆さんの歓迎を受けていた。その前に案内された外来者用の宿舎も快適であった。壕の中の日本兵を殲滅《せんめつ》したあとに建てられた、米軍の宿舎はこのようなものであったろう。ああ、軟弱な私は、すっかりこの快適な空間に洗脳され、旧軍本来の精神力を見失っていたのであった。

島に満つる二万英霊が、この私の堕落を見落とそうか。災難は、『あしからず亭』全員の突如の起立から始まった。なにごとかとみれば、フィリピン人のような真っ黒なオッサンが入ってくるのであった。何を隠そう、この方が、硫黄島航空基地隊・山口司令なのであった。前任地沖縄から今度は硫黄島に転勤という、ドサ回り、もとい、緊迫した前線での勤務が続いた結果、このように真っ黒になられた勇将であった。

かような勇将を前に、自らの赤心を吐露せぬは、悔いを千載に残す。ハッシと司令の顔を見つめると、私は言った。

「この宮嶋、本来ならこのように快適な宿舎ではなく、壕に泊まり往時を偲《しの》ぼうと決意しておりました。規則でダメと知り、誠に無念です」

エアコンで腑《ふ》抜《ぬ》けにされた私には、心にもないことであった。

しかし、司令はそれを真に受けられ深く幾度も頷くのであった。沈思黙考しばし。勇将は、何事かを心中深く期すると、私を見つめた。その瞳には、既に死を決意した者だけが持つ輝きがあった。

「よろしい！」

司令が張り上げた声の気迫は、その場にいた全員が思わず背筋を伸ばすのに充分であった。

「宮嶋さん、壕に泊まって下さい。責めはすべて、この山口が負います。宮嶋さんも、命をかけておられる。この私が首をかけねば、英霊に叱られます」

＊61［幹部宿舎の居酒屋『あしからず亭』］なぜあしからず亭というかは、宮嶋にもナゾ。カラオケもあり、水兵さんが給仕する。

思わぬ展開であった。海幕で広報から、輸送艦[*62]『みうら』への乗り込みが自分だけと聞いた時、死ぬような目にあうだろうと予期した私であった。タケオ[*63]基地の門前でタケオのゲッペルス太田三佐から「あ、そのへんで野宿してね」と言われた時、ほぼ死ぬであろうと予期した私であった。しかし、今回の壕の中は事前に体験済みである。予想するまでもない。あんなところに一晩いれば、まちがいなくヒモノになる。負けるとわかっている戦いを避くるは、これは怯懦《きょうだ》ではない。旧軍もこれを退却ではなく、転進という。私は転進をはかった。

「あの、いや、今回は昼間だけで……」

「えらい！」

山口司令はますます声を励ました。

「この勇者・宮嶋さんにして、この謙虚。いやいや、広報から聞いていますよ。涙ながらに、壕への宿泊を懇願されていたとか」

草野一尉の顔が浮かんだ。ヒトをほうりだしておいて梯子《はしご》を外し、上から土を被せて埋めるのは、自衛隊広報の伝統である。私をカンボジアやモザンビークの荒野にほうりだした、かの森田二佐の伝統を、草野一尉も脈々と継いでおられるのであった。

「壕に泊まれば、日本人として戦後初の快挙です。そうだ、折角だから、一番暑い壕に泊まって貰いましょう。あ、それから、宮嶋さんの決意を、明日の朝礼で全隊員に訓示してもらおう。うんうん、それがいい、それがいい」

司令はしきりにふむふむと頷かれ、幕僚のみなさんもふむふむふむと頷くのであった。

ああ、昭和十九年十一月二十七日、この地を飛び立ちついに帰らなかった特攻隊、第一御楯隊の隊員たちも、出発前夜をこのような気持ちで迎えたのであろう。その夜宿舎で私は、床を這《は》うトカゲと戯れつつ、まんじりともせずに過ごしたのであった。床のトカゲと宮嶋茂樹、どこで死ぬやら果てるやら。月が皓々《こうこう》と、荒涼たる島を照らしていた。


いったい、なんでこんなことを志願してしまったのか。


「明朝〇五五〇《まるごごまる》に迎えにきます」

そういうと、私を乗せてきた青木二曹は早々に引き上げていった。信心深い彼は、決して壕の中には入らないのであった。私が座りこんでいる壕は「海軍医務科壕」。記録では、五十柱の英霊が、ここで見つかっている。

南洋に陽は落ちて、あたりはすでにまっ暗である。壕の外では虫がギャーギャーと鳴

＊62 ［輸送艦『みうら』への乗り込みが自分だけと聞いた］ 乗り込むはずの大新聞の記者たちは、あまりに小さい『みうら』の写真を見て、辞退したのであった。洞察力に欠ける宮嶋だけが、まんまと乗せられたのであった。
＊63 ［タケオ基地の門前で…］ そのおかげで本が一冊できたのだから、つべこべ言うなといいたい。このネタだけでも、何度使って稼いでいることか。（某自衛隊関係者談）

いている。ヤブがガサガサいうのは、野生のネコやトリであろう。

不肖・宮嶋、ポルポト派であれ、イラクの大統領親衛隊であれ、形あるものであれば恐れはしない。そしてまた、いかなる状況下でも寝ることができるのが自慢である。日頃から私が言っている、有名な私自身の墓碑銘はこうである。

「宮嶋茂樹・彼はよく寝た。いつでも、どこでも、だれとでも」

そう、刹那的なシブい人生を送りつつ、私は様々なヒトと寝てきた。ほとんどオバケと言っていい女《ひと》もいた。しかし、ホントのオバケはイヤである。宮嶋、唯一の弱点は、形のないモノ、すなわちオバケなのであった。

英霊のことをオバケと言っては恐縮である。そこで、私は真っ暗な壕の中に向かって囁《ささや》き続けた。

「神様、仏様、英霊の皆様、不肖・宮嶋が参りました。この宮嶋、皆様の眠りを妨げる気はまったくありません。お出になる時は、一声かけて、声かけて。突然はやめましょう。つるかめつるかめ」

とは言え、あたりはあまりに生々しい。ふと、手にふれた布を持つと、それはゲートルである。ふと、足にふれた小石をひろうと、薬莢《やっきょう》であった。そして、なにより、暑い。温度計を取り出して見れば、四十七度である。シャツは肌に張りつき、そこに天井からボロボロと土が落ちる。こんな中で負傷者たちは傷にうめきながら、亡くなっていったのである。政権をおとりになった、社会党の方々も、村山首相以下、是非この壕で一泊なさるといい。ごちゃごちゃ政権協議するよりも、ずっと現実政策への転換効果があるであろう。

かつての壕内の状況と現在の政治状況に思いを致していた、その時である。外から、なにやら話し声が聞こえるではないか。さすがは、優しい山口司令、心配なさって人を差し向けて下さったか、と思ったが、どうも様子が違う。何やら二人で喋っているその内容に耳を傾けたが――

ギャ――――！

あわわわわわわ。私はあわてて、壕の奥の方へと這いずり込み、懐中電灯をつけるとやみくもに外の方を照らした。しかし、そこには何もいない。そんなバカな話はない。私が今聞いたのは、英語による会話だったのだ！

もとより、宮嶋、超常現象などは信じない。しかし、この時は全身に冷たい水を浴びたような気がした。壕の中は摂氏四十七度。しかし、それでもスーッと汗が引くのがわかった。

「南無阿弥陀仏、いや、南無妙法蓮華経、いや、助けたまえ、救いたまえ――」

いろいろ呟《つぶや》いてみるが、恐らく敵はクリスチャンである。不肖・宮嶋、そうした敵性宗教に縁はない。とにかく英語を、と「ファック・ミー」だとか「キス・マイ・アス」だとか、豊富な海外経験で会得した英語を並べている時であった。

「どうしました、賑やかですねー」

日本語であった。友軍の声であった。死中に活を見いだすとはこのことか。ヌッと姿をあらわした人物は、しかし、なぜか自衛隊の制服ではなく迷彩服にコンバット・ブーツを履いていた。

「やあやあ、本田二尉です。司令に言われて慰問に来ました」

なんという配慮、何という厚意。勇将の元に弱卒《じゃくそつ》なし。このような指揮官のもとであれば、私も従容として死地に赴くであろう。

本田二尉は、オニギリから酒まで、次々と取り出した。壕内四十七度。内地から持参した発電機が壕内を皓々と照らしている。英霊たちと一緒の、凄まじい酒宴が始まった。本田二尉は、ナゼか異常に硫黄島の戦史に詳しかった。

「宮嶋さん、この島はね、硫黄島というよりも、異常島といわれているんですよ。それはそれはフシギ――なことが起きる島なんですよ」

ゆれる灯りのもと、ニマーッと笑いながら本田二尉は言うのであった。サウナで飲む酒は回る。いつのまにか不覚にも私は眠り込んでいたらしい。ふと、目が覚めた時、もう本田二尉の姿はなかった。彼が座っていた場所は、何故か砂がじっとりと濡れているのであった。

ああ、華麗なる凱旋、晴れがましき名誉。壕での辛い一夜を耐え、幹部食堂に戻った私は、隊員たちの温かい拍手で迎えられたのであった。その中には、山口司令のお姿もあった。

「どうでした、宮嶋さん。日本初の快挙の感想は」

だれからともなく声がかかる。

「いやあ、キミが悪かったですよ。夜中にどこからともなく英語が聞こえたんです」

「ああ、それは、ゆうべは米海軍の航空機が給油のために、立ち寄っていたんですよ。宮嶋さんのいた壕は、米軍の記念碑に近いので、クルーが見物に行っていたんでしょう」

やはり、この世に超常現象などないのである。私は、自分の信念を証明されてホッとしたのであった。しかし、一時とはいえ動揺した自分がなさけない。そこから立ち直れたのも、本田二尉のおかげである。私は、その本田二尉の姿を探した。

「あれ、本田二尉はおられないんですか」

それまで満面に笑みを浮かべていた隊員たちが、ナゼかお互いの顔を見合わせた。中の一人が言う。

「本田？　そんな幹部は、うちにはいないよ」

「冗談言わんといてくださいよ。ゆうべ、差し入れ持って来てくれたやないですか」

「いや、そんな夜中に基地から出れるわけないじゃないですか。その人、どんな恰好してました？」

「迷彩服に、コンバット・ブーツで……」

昭和23年、三池炭鉱の鉱夫——ではない。栗林壕内で汗だくの宮嶋。タオルは雑巾臭く、ずっと中腰のため、腰が痛い。

差し入れを持ってきて下さった本田二尉と栗林壕内にて。やっぱりちゃあんとコンバット・ブーツをはいていた。

硫黄島から発進した第一、第二御楯特別攻撃隊の慰霊碑。

「足のある」本田二尉。
軍艦旗を振り、見送ってくれた。
サイコーの名誉であるらしい。

ザワザワ。さざ波のような動揺が隊員たちの間にひろがった。

「宮嶋さん、そんな恰好の隊員を、ここで見たことありますか？」

中の一人がキミの悪いことを言う。

「ああ、そういえば、あの壕ではたしか……」

別の一人がもっとキミの悪いことを言う。

「本田中尉と書いてあった遺品が……」

「ああ、そうそう、そうだったよなあ」

全員が頷くなか、ほかならぬ山口司令がしみじみと言われたのであった。

「そうかあ、宮嶋さん、英霊と一晩酒を酌み交わされたんですね。いや、いい供養になったでしょう。ナンマイダ、ナンマイダ」

そういえば、ヘンな恰好をした本田二尉であった。あたかも、目の前で見てきたように、当時の状況に詳しい、本田二尉であった。

ああ、硫黄島二万柱の英霊よ。この宮嶋を男と見込んで、その遣いを下したもうたか。七つの海、六つの大陸全てに足跡を残したこの宮嶋、ついに霊界にも立つ。はたして、この事実を、防衛庁の広報誌に書いていいものかどうか。悩みつつも私は島を去るべく、滑走路のエプロンをトボトボと歩いていたのであった。

その時である。私が乗り込もうとしていたC－130のエンジン音をかき消す大声が、耳を打った。

「宮嶋さぁーん」

ふりかえると、基地の窓から軍艦旗が振られている。軍艦旗を振っての見送りは、軍人にとって、最高の名誉ときく。

私は居住まいを正し、深く一礼をしようとして、凍りついた。

旗を振っていたのは、本田二尉だったのである。

さすがは、硫黄島である。真っ昼間にオバケが出るのである。炎天下、英霊が軍艦旗を振るのである。しかも、なんだか、オバケの横には、山口司令もいるのである。オバケと司令が一緒になって、旗を振っているのである。

ああ　これこそ八紘一宇《はっこういちう》、五族協和。大御威津《おおみいつ》は、その温かき腕を、ついに霊界にまで伸ばしたのである。

「しばらく、酒やめよう」

心身ともに打ちのめされた私は、ボロボロの心一つを抱いて、輸送機に乗り込んだ。

山口司令の指揮のもと、基地ぐるみで私をだまくらかしたことを聞いたのは、東京に帰ってからであった。本田二尉を壕に送りこむにあたっては、司令自ら近くに待機しておられたとのことであった。白いタオルを棒の先にくくり付け、自らそれで私を脅かそうと準備なさっていたとのことであった。

なんという、ヒマ、いや余裕あふれ、指揮官の指示のもと全員が一丸となってバカ、いや機知にとんだ動きを見せる集団であろう。

まこと、日本の南の護《まも》りの安泰を、この身をもって実感した旅であった。島は英霊に護られ、また英霊の安らかさを自衛隊が守る。

本当の英霊と語りあえなくて、なんだか今度はちょっぴり残念な気もした宮嶋であった。

南冥《なんめい》に鎮まる英霊よ、どうか、いつまでも自衛隊を助け、南の護りにつかれんことを。

九州のタケオを完全行軍す。

治にあって乱を忘れず。

不肖・宮嶋この夏（'94年）は、秋にも予定される自衛隊のルワンダ派遣に同行し、その勇姿をつたえるべく、着々と準備を進めていた。帝都を襲った、未曾有《みぞう》の猛暑。ああ、これも私や派遣隊員たちを、ルワンダの暑さに慣れさせるための、天祐《てんゆう》にして神助でなくしてなんであろう。そう頷《うなず》きつつ、ある日私はまたもシブくルワンダ行きの根回しをするべく、防衛庁広報を訪ねたのであった。相手は、かの梯子《はしご》外しの名人、森田二佐の後任、秋山二佐である。レンジャー訓練中に山中に脳を置き忘れてきたとしか思えぬほど、忘れっぽかった森田二佐とは正反対で、この秋山二佐は異常に執念深い、もとい、記憶力のいい方なのであった。

「宮嶋さん、ルワンダ、ルワンダって言っているのもいいけど、その前にひとつ約束忘れてないですよね」

「え？　なんでっか」

ドブの中でもいい、前のめりになって死んで行きたいという、坂本竜馬のセリフが*64私の座右の銘である。カードの支払い、交通違反の呼び出し、酔っぱらったあげくのアパートでの女のバッティング、などの小事は、大事の前にはすべて忘れることにしている。

「幹部候補生学校の夜間行軍に行っていただく予定だったはずだ」

「そうでしたっけ」

私のいいかげんな返事に、秋山二佐はムッとした顔をされた。これは、イカンと私は慌てた。ルワンダの惨状はカンボジアやモザンビークの比ではない。自衛隊の支援を受けられずに、野宿などという目にはあいたくない。難民キャンプでの野宿は、これすなわち私も単なる一難民になることである。私の脳裏にNGOの食料配給にならんでいるおのれの姿が浮かんだ。ここで、怒らせるのはマズイ。機を見るは用兵の要である。私は、あわててフォローにまわった。

「あ、そうでしたね。えー、幹部学校生徒がヤカンを持って歩く写真を撮ればええんでしたっけ」

秋山二佐の表情がますます険しくなった。これはいよいよイカンと私は慌てた。

「宮嶋さん、冗談言ってもらっては困る。二泊三日の夜間行軍に完全同行取材するって言ってたでしょう」

そういえば、そういう約束をしたような気もする。だが、歩くという行為は、私の最も不得意とするところである。自慢ではないがアパートの筋向かいにあるタバコ屋に行くにも、愛車ベンツ[*65]を駆るのである。輸送艦に乗ってゲロを吐いたり、C-130に乗ってインド洋上空で酔っぱらったりすることは厭《いと》わないが、歩くのだけは困る。だが、ここで秋山二佐を怒らせるのだけは、ヒジョーにマズイ。どうせ、数キロ歩いてちょっと撮影するだけであろう。

「あ、そうでした、そうでした。行きましょ、行きましょ。明日にでも行きましょ」

「ホントですね。行く以上は、完全同行ということになるが」

ちょっと、ワルーイ予感がした。ひょっとすると十キロくらいは歩かなくてはならないかもしれぬ。

「え、ええ。で、全部で何キロ歩くんでっか」

「教えてもいいが、教えてから行かぬは困る。必ず行っていただく」

＊64［坂本竜馬のセリフ］ かの麻原彰晃も、杉並道場で同じことを言ってたと、『週刊文春』に出ていた。もっとも、それは史実とは違い『巨人の星』からの引用であるとも出ていた。宮嶋と麻原が、ほぼ同じレベルで影響を受けていたという、貴重な証拠である。

＊65［愛車ベンツ］ AMGメルセデス。3000CC。まともに買えば1000万円はするが、いくら宮嶋とはいえ、そんな金があるわけがない。もっとアヤシイ手段で入手したものである。しかし、これにひっかかるバカ女もいるので「もう充分元はとった」と豪語している。

朝7時。トラクターに乗った農家のおじさん、
自転車で出勤するOLが通りすぎてゆく。

深夜2時。徹夜行軍。自販機の明かりが眩しい。
どこまで続くアスファルト……

小休止。学校帰りの小学生たちが「ガンバレ！」と声をかけていった。

負傷して野戦病院にかつぎ込まれてきた隊員たち。

かなりワルーイ予感がした。

「行程は、二泊三日、八十キロである」

時に、ルワンダ行きには天祐神助であったはずの酷暑は、一気に私への天誅《てんちゅう》と化したのである。

行軍地の福岡へ向かうべく乗り込む飛行機のカウンターでは、ＪＡＬのオネーチャンに「不肖・宮嶋さんですね。今回はどんな冒険をされるのですか」と聞かれ、到着した幹部候補生学校では学生隊長の高橋一佐に「レンジャーをやられた宮嶋さんなら、八十キロくらいなんでもないですね」と言われ、校長の山口陸将補じきじきに激励され、いよいよもうヤメタといえなくなった私に、引導《いんどう》を渡したのは、区隊長の大川一尉であった。彼は私に戦闘服一式を渡しながら言った。「長袖で暑いでしょうが、これは戦闘のための服です。勝手に脱いでシャツで歩いたりしないで下さい」

この酷暑に、分厚い長袖の戦闘服である。隊員たちは、これに二十キロの背嚢《はいのう》と小銃を持って歩く。もっとも、以前は「剛健ピース」[*66]なる一個四キロのブロックがあって「根性あるものはおらんか」と言われると、一歩前に出た猛者は、これを更に背嚢に詰めたそうである。ある教官など、これを二個詰め、それぞれにマジックで妻と子の名を書いて歩き通したそうである。完全に、アホである。こういう野蛮な風習が廃《すた》れたことを、取りあえず私は八百万《やおよろず》の神々に感謝したのであった。

一三三〇《ひとさんさんまる》、総勢百六十九名の隊員たちの行軍が始まった。百六十一名の候補生に、同数の支援部隊、五十名の仮設敵、四十両の車両、戦車四両、ヘリ一機、APC二両が参加する壮大なものである。全行程八十キロの高度差は千メートル。数時間歩いたあたりから、地獄が現出しはじめた。ドサッ、ドサッと音をたてて、隊員たちが倒れはじめるのである。映画『八甲田山死の彷徨』のようなシーンだが、こちらは寒さではなく、暑さで倒れるのである。二十キロ背負って、アスファルトの上を歩くのである。熱中症であった。「A候補生！　しっかりしろ！　立て、立つんだ！」「背嚢を貸せ。さあ、歩くんだ」各小隊でこうした戦いが繰り広げられる。それでも立てない隊員には「A候補生、歩行不能。アンビを要請する」。アンビとはゾンビ状態のことを言うのかと思っていたら、アンビュランス（救急車）のことなのであった。

夜中をすぎる頃には、私は完全に意識モーローとしていた。なんだか幻聴まで聞こえだす。しきりに「もうタケオだ、タケオに入ったぞ」などという声が聞こえるではないか。ああ、とうとうわが魂は肉体を離れ、なつかしいタケオ基地へと彷徨《さまよ》っているのか。それにしても、地縛霊になるなら、お願いだからタケオはイヤだ、と霞《かす》む目で標識を見上げれば、それは「武雄《たけお》市」という町なのだった。ややこしいところで演習をしないでいただきたい。その武雄市の鳥越というところが宿営地であった。ほぼ全員が到着した

＊66「「剛健ピース」なる一個四キロのブロック」コンクリートブロックでできている。根性を示すために、これで荷物の重量を増やす。

のが午前九時。開設された野戦病院は、怪我人と病人であふれかえっていた。私も、膝の関節の手当てをしてもらう。

ろくに仮眠もできぬまま、一六〇〇出発。雨が激しくなってきた。暑さが凌《しの》げるのはいいが、足のマメがふやけて潰れる。歩くことが移動の主力だった旧軍は、連日のようにこうした体験をしていたのだろう。行軍の軍歌が多いはずである。私も思わずくちずさむ。

　どこまで続く、アスファルト
　三日二夜を食もなく
　雨降りしぶく、鉄かぶと

正に三日二夜。「討匪行」[*67]そのままの世界である。

明かりといえば、ラブホテルの光があるだけである。そのホテルへ、アベックが高級車に乗って滑りこんでいく。思わず私はかたわらの大川一尉の89式新小銃に手をかけた。その手を、静かに押し止めて、大川一尉は言った。「我々がいるから、彼らも安心してああいうところでいいことができるんだ」おちついた口調がブキミであったが、実に正論であった。

夜がしらじらと明ける中、〇六三〇大野原の演習場に到着。しかし、ここはゴールであってゴールではない。これより、攻撃訓練があるのである。つまり、ここまでの行軍はただここでの攻撃のための移動にすぎなかったのである。インパールで、北支で、旧軍が戦場にたどりついた時、ヘトヘトに疲弊しきっていたのがよく理解できる。戦車の火力支援のもと、○七三○攻撃開始。「小銃、弾込め、安全装置！」「小銃、着剣！」。89式新小銃特有の短い銃剣が、カチッと音をたてて装着される。「小隊、突撃！」の声と共に、「おおおおおーー、突撃ィィィーー」。

もう足があがらない。しかし、そんなことは言ってられぬのである。実戦ならば、身の回りに、ガンガン着弾しているのである。すでに攻撃開始後、八時間を超えている。最後の気力をふりしぼり、斜面をはい上がる。

あたりを見ると、各小隊が先を争うように、斜面を駆け登っている。あたかも映画の『二〇三高地』のような光景である。疲労の極に達し、上りながら倒れこむ隊員の姿が、まるで被弾した兵士が、転倒するように見える。勇壮にして悲壮。私はシャッターを切るのも忘れて見入ったのであった。

一五五八、高橋一佐の「状況終わり」の声がひびきわたった。ようやく、終わったのだ。そして、気がつくと、なんと私は全行程を完走していたのであった。

「おめでとうございます。宮嶋さん。八十キロ完全走行、この私が確認しました」

肩に手をおくと、大川一尉が言った。

＊67［「討匪行」］匪賊と呼ばれた、大陸の馬賊などを討伐する行軍。むしろこの名前は、軍歌「討匪行」で有名になった。

大野原演習場へ堂々80kmを皆と歩き抜き、満足げな不肖・宮嶋。

武雄市内を行軍する候補生たち。「ああ、銃が重い……」

明けても暮れても、ただただ歩きつづける。

「いやあ、ここまでお強いとは思いませんでした」

にこやかなその顔は、とても深夜のラブホテルの前で、私のカップルの車への発砲を押し止めたのと同一人物とは思えなかった。

やがて、高橋一佐や山口校長も見えて、口々に祝福してくださった。

翌日、私は筋肉痛で全く歩けなかった。向かいのタバコ屋に行くのにも、愛車ベンツに乗った。これは以前とは違い、サボっているのではなく、歩けないのである。訓練を終えたとはいえ、隊員たちは今日もこんなことは言ってられないだろう。だが、幹部として全国に散っても、彼らはこの痛みとともに得た自信を、決して忘れることはないに違いない。

「沈黙の艦隊」に完敗セリ。

　不肖・宮嶋、世界の危地を天駆けるようになって十余年、あらゆる乗り物に乗ってきた。内戦のブカレストからはイタリア軍の輸送機で脱出した。フィリピンの奥地では、原住民の丸木船・バンカにも乗った。ハンブルクではブルネットのおねーちゃんに乗り、なんといっても一番よく乗ったのは、逃げた女房——などという話はどうでもいいのである。その私をして、いまだ乗っていないものが三つあった。戦闘機と、潜水艦と、オカマである。なかでも潜水艦に乗ることは、私の憧れであった。古くはヴェルヌの『海底二万マイル』のノーチラス号に熱狂し、テレビ映画『海中大戦争』のスティングレイ号のプラモを作り、最近では『レッドオクトーバーを追え』のラミウス艦長、『沈黙の艦隊』の海江田艦長に自らを擬する私である。

　だが、来たのである。ついにこの時は来たのである。天は自ら助くる者を助く。バツイチとはいえ今なお美しく、そしてなにより毒ガスが専門という、今もっともトレンディーな婦人自衛官である内局広報・宮本二佐が、私に言ったのであった。

「宮嶋さん、海上自衛隊の対潜水艦作戦の取材に行きませんか？」

大震災、サリン事件と、この宮嶋を必要とする現場は多い。だが、この機を逃して潜水艦に乗れずんば、悔いは千載に残る。数多《あまた》の仕事を断わり、三月の某日、私は勇躍、指定された館山の基地へと出頭したのであった。

だがこれは、私がこれまで幾度も騙《だま》くらかされた広報の陰謀であった。カンボジアまでただ一人輸送艦でゲロにまみれ、タケオ基地外で野営し、硫黄島の壕で野宿した私。行きはよいよい帰りは怖いは、栄えある広報の伝統であった。

わが愛車ベンツを乗り付けた館山の基地には、「海上自衛隊館山航空隊」と書いてあった。私はイヤーな予感がした。潜水艦のセの字も見当たらぬ。あたりを見回すと、HSS-2BやSH-60Jなどの対潜ヘリがしきりに飛び回っていた。私はますますイヤーな予感がした。

果たして、予感は当たった。宮本二佐の「対潜水艦作戦」の「対」に罠はかくされていたのであった。私は潜水艦に乗り込むのではなく、それを追跡するヘリに乗り込むのであった。

だが、数多の死地をくぐり抜けてきた私の精神はたちどころに立ち直った。中には入れないとはいえ、上空から潜水艦を目の当たりに見れるのである。私の頭の中に、数々のシブイ映像が浮かんだ。『沈黙の艦隊』に描かれているようなシーンを、この宮嶋のカメラが収めるのである。わが写真はあらゆる媒体に引っ張りだこになるであろう。

私を出迎えてくれたのは、第二十一航空群司令の功力《くぬぎ》海将補に、首席幕僚の笈川一佐、運用幕僚の東川二佐らであった。みなさんの胸を見て、私は感動した。さすがは航空基地の舞台である。全員の胸に、パイロットを示すウイングマークがついているではないか。群司令みずからが、HSS-2Bの現役パイロットであられると言う。おそらくは、あの終戦直後の宇垣纏《まとめ》*68中将のように、一朝有事の際は、最期には司令みずからが操縦桿を握り、幕僚をひきいて敵艦隊に突っ込んでいくのであろう。

そもそも、自衛隊の本来の任務は、震災のガレキをかたづけたり、毒ガスの処理をしたり、雪まつりの雪像を作ったりすることではないハズである。軟弱な政権のもと、そうしたことばかりさせられている自衛隊の実態を危惧していた私であったが、この前線の緊張感を見て、いささかほっとしたのであった。

そうした感動を素直に表す私の発言に触発されたのであろうか。幕僚たちがザワッとすると、東川二佐が言った。

「宮嶋さん、SH-60Jのシミュレーション装置を操縦してみられませんか」

そう言って、私を会合の部屋からしきりに連れ出そうとする。司令の前でこれ以上ア

＊68 ［宇垣纏中将］ 戦前の大物、宇垣一成大将の甥。開戦時の連合艦隊参謀長。終戦直後の八月十五日午後五時に出撃、七時三十分「我必中突入ス」の電文を最後に、部下を率いて沖縄沖の米艦隊に突入した。

ブナイ発言をされては、という危惧からとするのは、私の思い過ごしであろう。

こちらとしては願ったりである。これでも、この宮嶋、ゲームセンターの一回三百円のヘリ操縦シミュレーションでは、いつも周りに人垣ができる腕前である。同僚のOカメラマンは、「それはお前が『ヨシッ！　○○国軍○○型潜水艦撃沈を確認！』とか大声でさけんどるからや」というが、誓ってそのようなことはない。純粋に腕前のなせる技である。だが、今日はそんなチンケなマシンではないのである。そのOカメラマンによると「一回のシミュレーション費用がウン万円」という装置での実体験なのである。

功力司令みずからが、操縦方法を教えて下さる。メインローターと後方ローターとプロペラのピッチの関係など説明してくださるが、やはりこういうモノは実際にやってみないと覚えない。そこで、現役の一尉が横につき、いよいよ機長席に座る。

装置には、世界中のあらゆる飛行場、基地、ヘリポートの条件がインプットされていて呼び出すことができる。実際にそこでの離着陸が体験できる仕組みである。

「宮嶋さん、どこにしましょうか」「山梨県でお願いします」「富士演習場ですね」「いや、上九一色村のヘリポート――」

みなまでいわせずに一尉は口の中でブツブツ言うと、諸条件を設定した。なんのことはない、よく見ると、この館山基地からの離着陸であった。

エンジンがスタートする。司令に習った通り、スロットルレバーをゆっくりと引き上げる。メインローターの振動に合わせて、シートがブルブル揺れ、やがてふわりと浮遊感がある。実によくできている。一尉の命ずるままに操縦し、近くを一周して帰投する。スロットルを下げると、みるみる滑走路が近づく。機体が激しく揺れる中、それでもヘリはドスン、と接地した。失敗なら、窓の外が赤くなるのだが、そのままである。ああ、なんという才能であろう。不肖・宮嶋、初めての体験にして、ヘリの操縦をマスターしたのである。居並ぶ幕僚たちも、驚嘆の目で見ている。何事も初めての体験でマスターするという伝説は、某国の親愛なる指導者同志で有名だが、私もそれに匹敵する天才ではないか。

この際、私もロシアからヘリを購入するのである。そして、数多のバッタ・カメラマンたちが地面を這《は》って取材しているところへ私は空から乗りつけるのである。だが、この計画は重大な機密に属すので、こんな所に書いてしまってはダメである。

いざ、出撃の暁《あかつき》はやってきた。迎えの車に乗り、格納庫横のブリーフィング・ルームへと出頭する。さっそく、水中でも8時間は大丈夫という耐水服を手渡される。救命ジャケットも装着し、サバイバルキットの使い方も教わる。首からは認識票。これで、たとえ水漬《みづ》く屍《かばね》となっても、私であることがわかるのである。某愛犬家のようにミンチにされて焼却されて片品村の谷間に捨てられるよりは、幸せな死に方と言えよう。ブリーフィングの様子は映画そのままである。

〇八五〇《まるはちごまる》。部屋が暗くなると、オーバーヘッド・プロジェクターを使って、説明が始まる。「本日の編隊長、一番機機長の村田三佐である。各機長を紹介する。二番機機長

堂々と2250トン（なだしおクラス）の姿を現した「はましお」。「嗚呼ワレ沈黙ノ完敗ナリ」

気温０度以下、海水温15度以下の海域だと、搭乗員はこの耐水服を着用しなければならない。

海面にソナーを下ろし、索敵中のHSS−２Ｂ。

南川一尉、三番機機長吉田一尉！」

対する敵潜水艦役は、横須賀潜水艦隊所属の「なだしお」型ディーゼル潜水艦「はましお」。艦長は倉園二佐。我々を応援してくれる作戦支援艦「よしの」の艦長は青木二佐である。「なだしお」型と言っても、釣り船と衝突したりするというわけでは決してなく、実に美しい[*69]ティア・ドロップ型である。仮設敵とはいえ、わが国の誇る潜水艦。どうも闘志がわかない、とぶつぶつ言っていた私であったが、耳を疑う次の一言が、わが恐るべき戦闘意欲に火をつけた。

「はましお」……。近所のマンション「はましお」を根城にしていたその泥棒猫は、ゴミはひっくり返す、食べ物を失敬するなどは朝飯前、とかく悪名を轟かせていた。

ある日、我が部屋に忍び入った「はましお」は、あろうことか、徹夜で書き上げた不肖・宮嶋の原稿の上に粗相をしていったのである。べっとりとウンコの垂れた原稿を編集長に渡すわけにもいかず、泣く泣く原稿を捨て、もう一晩徹夜して原稿を完成させた。三日後、三味線にしてくれようぞと「はましお」の根城に出向いていったが、敵ながら見事な離脱。姿をくらましたあとであった。

呆然。夕陽を見ながら、私は一人「はましお」への復讐を誓ったものである。

とは言え、所詮は猫のこと。時の流れの中にすっかり忘失していたのだが、あの時の怒りが突如蘇り、頭の中で「宿敵『はましお』を三味線にする」の言葉が木霊《こだま》した。同名の契り。かくなる上は、艦内の酸素が欠乏し、泡を吹くまで「はましお」の浮上を許すまじ。ここはひとつ、実弾をぶち込み、後顧の憂いを断つべきであろう。

ローターが回り、私の乗る編隊長機には、コーパイ、[*70]センサーマン、それに、私の世話をしてくれる一曹が乗り込む。たちまち、機は浮上し、上空で三機が編隊を組む。なんというシブイ光景であろう。私の頭の中で、『地獄の黙示録』の「ワルキューレの騎行」が鳴りひびく。騒音のため、会話はすべて指サインか、インカムを通じて行われる。私は、下を指差し、引き金を引く仕種をした。「なんですか、宮嶋さん」インカムから機長が話しかける。「いや、本機は実弾を積んどんでっか？」「それがどうかしましたか？」「このさい、耐えがたきを耐え、事故のフリをして『はましお』を撃沈しましょう」「インカムは、大切な会話に使うんです。お願いだから、黙っていてください」。それ以来、私が話しかけても、ウンもスンもない。完全に沈黙である。

機は相模湾上空に到達した。ＨＳＳ-２Ｂの編隊は、空中にホバリングしながら、ソナーをたらす。あるいは、磁気を調べるＭＡＤ[*71]を下ろす。これは、コードつきのミサイ

＊69［ティア・ドロップ型］涙の形をした潜水艦の艦形を言う。以前は原子力潜水艦独特のものだったが、今では通常型。

＊70［コーパイ、センサーマン］副操縦士、潜水艦のスクリュー音などを解析する乗組員のこと。

＊71［ＭＡＤ］潜水艦の位置を、地球磁気の変動から特定する機具。

ルのようで、じつにシブぃ。フムフム。私は感動しつつ、作戦を見ていた。やがて、追い詰められた「はましお」は、潜望鏡深度に浮上し、シュノーケル走行をはじめる。まるで、海水浴場に近づくジョーズのようである。フムフム。ン？

そのときである。夢中になっていた私は、ふとあることに気がついた。私は、作戦海域の上空についてから、あまりシャッターを切っていないのであった。なぜか。私のスルドイ頭脳は、たちまち結論に到達した。海の中にいる潜水艦は、写らないのである。見えないのである。だから、苦労して、ソナーなんかを下ろして探すのである。『沈黙の艦隊』なんかで、あたかも見えてるように描いてあるのは、あれはマンガだからなのである。

せめて、シュノーケルでもとファインダーを覗くも、そこには、大海原の中にエントツがぽつんと立っているような、実にマヌケな光景しかないのであった。

「いい、写真をお願いね♡」「ハッ！」。内局広報での、宮本二佐との会話が蘇る。きっと、自衛隊は、海上から海中の潜水艦を写すことのできる超秘密兵器のカメラを持っておられるのだろう。そうでなくて、どうしてこんな残酷な指示ができようか。相変わらず、インカムは沈黙したままである。このまま帰って、どうやって宮本二佐に言い訳をしようかと、私のスルドイ頭脳は回転しはじめた。しかし、その頭脳は、下らない一言を思いついただけであった。——沈黙の完敗。

故郷復興に挺身す。

ああ、わが青春、瓦礫《がれき》の下となれり。

不肖・宮嶋、生を享《う》けて三十九年。世界のあらゆる悲惨な地域を歩いてきた。数多くの死者や難民を見てきた。だが、この目の黒いうちに、よもやおのれの故郷の崩壊を目の当たりにするとは……。

取るものも取りあえず駆けつけた明石の実家は、幸いにも倒壊は免れていたが、年老いた母親は呆然としていた。隠しつづけていた離婚がバレた時、家財すべてを女房に持ち逃げされ、なーんにもない私の六畳間の裸電球の下で仁王立ちし、「どや、茂樹、女のおとろしさがわかったやろ！」と私に言った気丈な母であった。さっそくその足で仲人のところへ行き、土間で土下座して謝るほど、危機管理に長《た》けた母であった。その彼女が、粉々になった庭の灯籠《とうろう》の破片を拾いながら、呆然としているのであった。それはまた、神戸の多くの人々の姿であった。

この宮嶋、被災者の一人とはいえ、天が与えたもうた使命は報道である。震災直後はそう自分にいいきかせ取材に邁進《まいしん》したものの、帰京しても被災地の報道を見るにつけ、いてもたってもいられない。わが友人、知人、親族が避難民となっており、それを援護して大活躍しているのは、タケオで、ゴマ[*72]で、モザンビークで労苦を共にした自衛隊員たちである。かつては革新・神戸にママ子あつかいされ、今回は初動が遅かったと言われ、それでも黙々と救出と復旧に携わる自衛隊である。

義を見てせざるは勇なきなり。ここで、彼らに協力しなくて、宮嶋の中で義という一字は死ぬ。カメラをもつこの手にツルハシをにぎり、せめてガレキの一個でもどけようではないか。そう決意した私は、深夜、ハンドルを握ると、東名高速を西へと向かったのであった。

私が行くのである。この宮嶋が行くのである。タケオ基地門前で野営し、ゴマキャンプで自炊した宮嶋が行くのである。大阪のホテルに泊まり、大渋滞の原因をつくりつつハイヤーで取材する、どこぞのマスコミとは、おのずから志が違うのである。兵站《へいたん》、移動は基礎である。私の氷の頭脳は、前回の取材経験を元に、緻密な戦略を立案した。

被災地の皆さんや隊員たちに一切迷惑をかけぬよう、ゴマキャンプで使った野営の装備を搭載した。移動も、渋滞を作りださぬように、バイクである。50ｃｃの原チャリを車に乗せる。あたかも、零戦[*73]を搭載した空母赤城。機動部隊の趣である。

相変わらずの渋滞にまきこまれつつ、第三師団の指揮所がある神戸・王子《おうじ》[*74]動物園に着いたのは、廃墟に太陽が落ちつつあるころであった。「ご高名はかねがねうかがっています」広報の後藤三佐が出迎えてくれる。「やはり、ホテルは大阪で？」「とんでもない！」私は背筋を伸ばし、ひたと三佐の目を見つめて答えた。

「不肖・宮嶋、被災者や隊員の皆さんと辛苦を共にすべく、野営する所存です」

「えらいっ！　さすがは宮嶋さんです。ただ、我々は動物園に間借りしている身です。場所を借りる交渉は、園側となさってください」

湾岸戦争の時のカイロのサウジアラビア大使館から、ルーマニア内戦の国外脱出機の米軍窓口まで、さまざまな難敵と交渉してきた私であったが、動物園の園長に宿泊の交渉をするのは初めての経験であった。だが、人のいい園長さんは快諾してくれた。

「では、野営にいいところへご案内しましょう」そう言って歩き始めた第三師団広報担当の木村三曹のあとについて行く。どこかで聞いたセリフである。そう、タケオ基地で広報の太田三佐はこう言って、私を基地の外のポルポト派が出没しそうな場所へ連行し

＊72　**［ゴマ］**　ザイールのゴマキャンプ。自衛隊が撤退したあとはもとのモクアミになった。
＊73　**［零戦を搭載した空母赤城］**　大東亜戦争時の日本の連合艦隊の基幹空母。真珠湾奇襲の時には、司令長官南雲中将が座乗した。ミッドウェー海戦で、撃沈さる。なにかというと宮嶋が「赤城」を出すのは、他の艦名を知らないのか。
＊74　**［王子動物園］**　神戸市にある動物園。あたりは運動公園にもなっている。宮嶋も子供の頃はよく行った。

たのであった。イヤーな予感がする。

「ここが、好適であります。トイレも近いし、水もすぐそこです」

やがて木村三曹は立ち止まると、地面の一カ所を指さした。たしかに、トイレも水も近かった。だが、同時にそこはインドゾウのとなりで、ゴリラのケンタ君のオリの正面であった。さらには、周りにはジャガー、ライオン、シベリア虎がいるという、野生の王国のような場所であった。

「余震でオリが壊れたら気をつけてください」

木村三曹は実にもっともな注意を残して立ち去って行った。

ともかくテントを張り、寝袋にもぐり込む。寒い。ムチャクチャに寒い。テントはゴマで使った夏用とはいえ、この寝袋は、実は南極[*75]へ行くという次の大作戦に備えて買ったものであった。登山用品店が「南極でも大丈夫ですよ」と太鼓判を押したものであった。だが、神戸で寒くて眠れないというのはあんまりではないか。こんなものを信じて南極へ行っていれば、私は一晩で凍死したであろう。それでも、寝袋に入れる私は幸せである。この寒さを、避難所の人々はどうしのいでいるのであろう。

時々、ライオンが低い声で吠える。テントの中でそれを聞いていると、気分はサバンナ、気温は南極である。ちなみに、南極へ行くというわが壮途は、中止になってしまった。記事を載せるはずの『マルコポーロ』[*76]が、神戸のように崩壊してしまったからであった。

因果応報とはこういうことを言うのだと、さんざん私を搾取したNドケチ・デスクの泣き顔を見にいったのだが、彼は満面に笑みを浮かべているのであった。雑誌がなくなり腐るほどヒマがあるので、彼は今年貰った年賀状のお年玉クジを、もういちど入念にチェックし、三等が当たっているのを発見したのであった。しかもこのヒトは、賞品の毛ガニをあたかも買ったかのようなフリをして、自分の女房の誕生日にプレゼントにするつもりなのであった。ああ、なんという逞《たくま》しさであろう。この根性を、被災地の人々に分けてあげたいと思いつつ、私は眠りについた。一晩中、私の夢は冬山とアフリカの

＊75［南極へ行くという次の大作戦］単独でスノーモービルで氷原三〇〇キロを踏破するというもので、ハエほどの脳味噌でもあれば、まず死ぬとわかりきった計画であったが、宮嶋を担当する編集者たちは談合の結果誰も制しなかった。単行本一冊にまとまる原稿も溜まったし、そろそろ、宮嶋が消えてもいいのでは、という各雑誌の担当者の思惑が一致したものといわれる。『マルコポーロ』の廃刊をもっとも悔しがったのは、実はこのヒトたちであったといわれる。

＊76［『マルコポーロ』が神戸のように崩壊してしまった］一難去ってまた一難。突然の事態に不肖・宮嶋もしばし呆然とした。また、食いぶちを捜さねばならん。両者崩壊の原因は対照的なのだが、これについてはイロイロ言ってはマズイらしい。「宮嶋は何も知りません。ハイ」

建物の解体には人力も。

自衛隊の救援活動に参加する宮嶋。

小学校の校庭に設営された風呂の番台には、美しい女性自衛官が。

被害者が長蛇の列をなす「もみじ湯」。

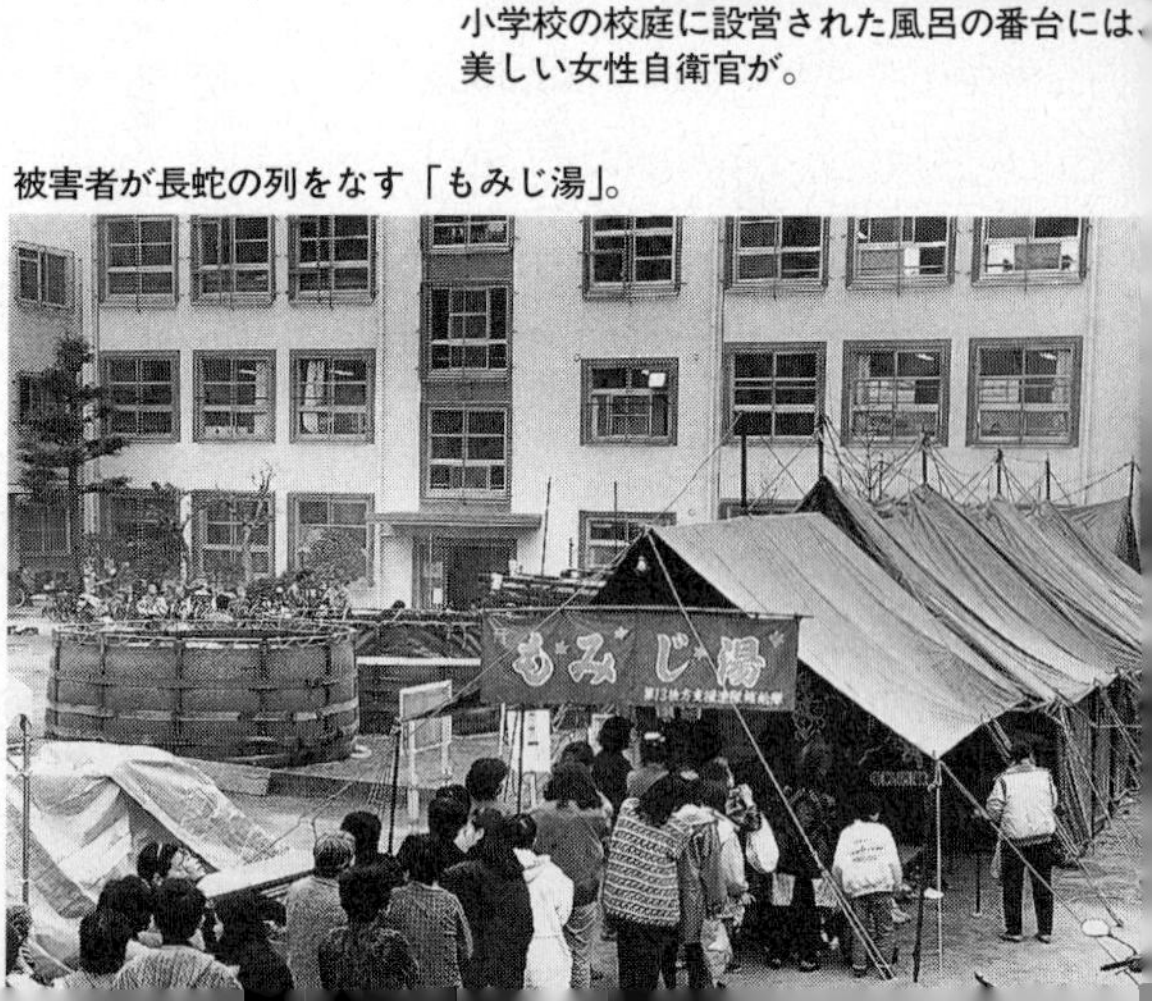

王子動物園。
「フン害」にもめげず、
ゴリラのケンタ君の
オリの前で野営する宮嶋。

震災直後の瓦礫の間では、
この偵察部隊用のホンダ製
250ccバイクが大活躍した。

逃げたカミサンを昔、連れていった喫茶店ニシムラ。「ここで買ったペアのコーヒーカップはいまもベッドサイドに大事に安置されているのだが、嗚呼、彼女は……」

間をいったりきたりしていたのであった。

翌朝起きると目の前に園長さんが困った顔をして立っている。

「あのぉ、園内どこでも野営していいとは言いましたが、そこはやめた方がいいんじゃないかと思って……」

「なんの、この宮嶋、アフリカ帰りです。ライオンやゾウくらい――」

「いや、そうじゃなくて、ゴリラがフンを投げるんです」

「は？」

「テントでゴリラがコーフンして、あなたにフンをぶつけると思うんです」

サラエボのスナイパー・ストリートを無事走り抜けた私が、こんなところでゴリラのウンコに当たって死んではあまりにウンがない。助言に従いその夜からは、コウノトリとツルのオリの前に移動したのであった。

さっそく、原チャリで自衛隊の手伝いに出る。私ができる手伝いと言えば、倒壊した家屋のあとかたづけである。兵庫区あたりまで来た時、ちょうど人手が足りなさそうな現場に出会った。

取り壊しは、まだ辛うじて立っている住宅を、重機を使って倒すところから始まる。このあとが人海戦術である。瓦礫を手でどけながら、貴重品などを探すのである。それなら、始めに持ち出せば、と思うのだが、倒壊しそうな家へ入るのは、危険すぎるのだ。

スコップを渡され、瓦礫を掘る。自衛隊員たちの顔は真っ黒だ。もちろん、住人らしき人々も手伝っている。

「あ、サイフでっせ」「これ、宝くじちゃう？」「馬券や。外れかもしれんけど」。次々に金目のモノが見つかるのだが、フシギなことにいずれも私が発見者なのであった。

ようやく住人も事態の異常さに気づいたらしい。

「あんた、えらい上手やけど、なんの仕事の人？」

視線が明らかに疑惑を孕《はら》んでいる。それはそうであろう。頼みもしないのにかたづけに加わり、次々と金目のモノを発見するのだから。

「いやいや、通りがかりのもんですわ」

ますますアヤシイという視線が飛び交う。

これはイカンと、私は内山田洋とクールファイブの『そして神戸』などをくちずさみつつ、現場を離れるのであった。「神戸ぇ――、泣いてどうなるかぁ――」

三日間にわたり、こうしてそこここでかたづけを手伝った。自衛隊員たちは、ほんとうによくやっていた。普賢岳を抱える九州の部隊も働いていた。自分の家が倒壊している第三師団の隊員たちも汗を流していた。タケオで、ゴマで、モザンビークで、労苦を共にした隊員たちと、あちこちで出会った。それだけ全国から自衛隊が動員されているのであった。

最終日のことである。後藤三佐が私に言った。

「ヘリで上空からの偵察をしますので、同乗しませんか」

願ってもない話である。陸自でもっとも小さい観測ヘリOH6は、私を乗せて兵庫県庁の屋上から離陸した。ああ、三宮で遊んでいたガキの頃、よもや自分がこの県庁の屋上からヘリに乗ることになるとは想像もしなかった。非常時とはいえ、出世したものである。

だが、そのちょっと高揚した気分は、眼下の光景を見るに至り、たちまち消し飛んだ。わが青春の街は、もうそこにはなかった。名門・白陵高校生の時、初めて三百円をつぎ込んだパチンコ屋も倒壊していた。丸刈りの頭を「ちょっと、あんた」と見とがめられ「わしら、板前の見習いやねん」と強行突破したポルノ映画館も、瓦礫の下だった。逃げたカミさんを実家に紹介する時に待ち合わせた喫茶店も、もう見当たらなかった。

風景を特徴付けているのは、雨よけで屋根に掛けられた青いビニールシートである。それが点々と分布するさまはカラフルである。だが、この光景はどこかで見た記憶があった。そうだ。ゴマの難民キャンプであった。あの青いシートの上にUNHCR（国連難民高等弁務官事務所）と書いてあれば、まったくゴマの光景そのままである。

それに気づいた時、なんだか、目の前が曇った。一瞬、ヘリがガスに突入したのかと思った。それが、涙だと気がついたのは、何枚かシャッターを切ったあとであった。不肖・宮嶋、妻に去られたその夜に、裸電球の下でひとり小僧寿司を食べた時でも、泣いたことはなかった。それが、愛する故郷と、ゴマの光景が重なった瞬間、何かが私の中で弾けてしまった。

鷹取商店街のはずれに、なぜか放置された立派なピアノ。
この直後、煙のようにこのピアノは姿を消した。

東京から駆け付けた警視庁レンジャー部隊によって、
瓦礫の山からようやく助け出されたおばあさん。

まるで空襲あとのようだった。かつてのアーケードは見る影もなし。

あな、おそろし……立派な石造りの建物もあとかたなし。

どうしたというのだろう。隣の後藤三佐に気づかれぬよう、横を向いた頬を、涙はあとからあとから流れ、瓦礫の街へと落ちていった。

「再占領」下ノ硫黄島ニ飛ブ。

なんという蛮行、なんという屈辱。わが国の領土の一角が、いや、あろうことか帝都の一角が、米軍によって蹂躙《じゅうりん》されるのである。

春まだ浅きころ、わが恐るべき情報網は、東京都を構成する硫黄島に米軍の現役・退役軍人が大挙上陸し、三月十四日に戦勝記念式典を挙行するとの情報を捕捉《ほそく》した。

不肖・宮嶋、戦後五十年を迎えての諸行事に対し、机上の空論でモノを言っているのではない。そもそも、戦後五十年を記念し、戦勝国側が企画する行事の嚆矢《こうし》は、昨年のノルマンディー上陸作戦戦勝記念行事であった。私は、耐えがたきを耐え、忍びがたきを忍んで現地に潜入し、実際にこの目で戦勝国側のゴーマンさを見てきたのである。そこでは往時の恰好をした軍事オタクが走り回り、連合国側の旗をふりまわしていた。負けたとは言え、また、さすがに招待されなかったとはいえ、相手を上回る戦死者を出したドイツ人の気持ちを思うと、たまらないものがあった。

また、硫黄島は私にとって特別なところでもある。昨年（'94年）、私は戦後民間人としてはじめて、壕内での野宿を敢行し、一夜を英霊と語り明かしたのであった。恐るべき熱気と湿気の中に散っていった英霊たちを思う時、かの地で米軍の戦勝記念式典などをされては、この宮嶋、大和男児としての一分《いちぶん》がたたぬ。しかも、三月十四日という日は、二十六日の玉砕《ぎょくさい》を前にして、守備隊長・栗林中将が最後の電文を打電した日の、その前々日ではないか。

だが、関係省庁の説明は、私の情報とは違ったものであった。曰く、さすがに日本領土でそんな一方的な式をされてはかなわぬと、日米合同の慰霊祭にすること。したがって日本側からも、当時の将兵や遺族が現地へ行くとのこと。勝敗は兵家の常。五十年を経た今、もはや恩讐はない。互いに対等に慰霊するなら実に結構。そのような素晴らしい友好の式典ならば、是非この目でも見たいものである。急に機嫌を直した私は、さっそくその場で慰霊祭の取材申請をしたのであった。

見える。眼下に見える。太平洋戦争最大の激戦地、硫黄島である。戦死者実に、日本軍一万九千九百、米軍六千八百二十一名。スリバチ山が山容を改めたといわれる砲撃の総量は七十五万発。その地に宮嶋、再び帰ってきたのである。わが右手には一升瓶、左手には花束がある。航空自衛隊輸送機C-130に同乗する他の大マスコミの皆様は私をフシギそうな目で見るが、これは英霊の地を訪ねる時のたしなみというものである。

着陸。巨大な後部ドアが開き、懐かしいムッとする熱気が体を包む。外に一歩踏み出した私は、目を疑った。

いつもは自衛隊の航空機がいくつかとまっているだけの目の前の滑走路には、コンチネンタル・ミクロネシア航空の民間機、ボーイング727がずらりと並んでいるではないか。日本側は、旧軍人遺族共に、自衛隊機で輸送のハズである。私はなんだかイヤーな予感がした。

プレス用の車に乗せてもらい、式典会場へと向かう。道端のそこここに、どうも、自衛隊員にしては、体格のいい奴らが、視野の端をよぎる。「あれ、駐屯している隊員じゃないですよね」「ええ、ちがいますね」ナゼか、答える防衛庁広報も憮然《ぶぜん》としているのである。

やがて、前方、陽炎《かげろう》の中から、巨大な車が姿を現した。オートマチック・トランスミッションの幅広い車体。私のスルドイ兵器知識は、たちまちそれが米軍海兵隊の兵員輸送車「ハマー」[*77]であることを察知した。すれ違いざまに見ると、中には海兵隊員たちが満載されている。「あれ、海兵隊ですよね」「ええ、そうですね」。なんで、ここに現役の海兵隊がいるのか。私はますますイヤーな予感がした。だが、そんな予感などという甘いものは五分後にはふっ飛んでしまったのである。式典会場の手前で、我々の車は渋滞に巻き込まれた。いくら都内とはいえ、硫黄島で渋滞するとは思わなかった。原因は、

＊77【ハマー】ジープに似た兵員輸送車。ちなみに、オウムもこれを購入し、上九一色村に置いていたのですっかり有名になった。

砂を持ち帰ろうとする日本側参加者。

前列中央がモンデール元・駐日アメリカ大使。
その左がモンデール夫人。
右側は、栗林中将未亡人。

『星条旗よ永遠なれ』の吹奏に敬礼する合衆国側参加者。

コミック戦争映画ではない。
当時の戦闘服に身を包んでやってきた退役軍人 2 人。

米軍の軍用トラックの列である。そして、トラックというトラックには、米兵が満載されているのであった。

式典会場は、一見都合のよい平地を選んで作られたかのようであった。だが、私の豊富な戦史知識は、そのようなものでは誤魔化されないのであった。そこは「上陸海岸」と呼ばれ、まさに五十年前に海兵隊が上陸に成功した彼らの「聖地」であった。だが、場所はまだいい。会場全体を見回した時、私は完全にハメられたことを知ったのである。

会場は迷彩色とカラフルな色で埋めつくされていた。その一部に、なにやら黒っぽいくすんだ集団がいる。迷彩色は現役、カラフルなのは退役の米軍人なのであった。そして、なにやらくすんでいるのは、日本から来た、喪服の旧将兵と遺族の方々なのであった。

手近な広報に私は聞いた。「米軍は何人来とんですか」「八百四十人の退役軍人と、五百名の現役軍人です」「で、日本側は何人でっか?」「百八人です」

ああ、五十年前の光景、ここに再現す。なにが対等な慰霊祭か。思えば五十年前のまさに同じ日、栗林中将はこう打電したのであった。

「想像を超えたる物量的優勢をもってする陸海空よりの攻撃に対し、宛然《えんぜん》徒手空拳をもってよく健闘を続けたるは小職《しょうしょく》自《みずか》らいささか悦《よろこ》びとするところなり」

この無念さ、無力感。やはり、戦争は勝たねばダメである。その思いは、一人の退役軍人のオッサンを捕まえて、わが流暢《りゅうちょう》な英語で質問した時にますます深まった。「どこから来はったですか？」「みんなサイパンに集合して、そこからですわ」。このコースこそ、硫黄島を悩ましたB29の飛行コースと同じではないか。まさに平成の飛び石作戦。明らかに、意識して設定したものであろう。更にオッサンは言う。「飛行機の中で、一応硫黄島は日本領土なんで、あんまりはしゃいだり、星条旗ふったりしたらいかん、いわれましたわ」

一応だと？　おまけに、彼らは全員入国審査免除だというではないか。いやしくも東京都に、入国審査免除で外国人を入れているのである。アジアの同胞に対してあれだけ門戸を閉ざしているわが外務省は、米国に対しては、ノーチェックなのである。なんという欺瞞《ぎまん》、なんという屈辱。

だが、式典は粛々と進む。先程から私は、来賓席の中央にいる、一人の老婦人が気になっていた。もう随分のお年だが、その気品は、ただものとも思えない。彼女の隣はモンデール駐日大使・元副大統領である。老婦人はきっちりと喪服を着こなし、この猛暑に汗ひとつかいておられぬ。背筋をすっと伸ばした姿が美しい。モンデール大使は、ノーネクタイでポケットに手を突っ込み、だらしなくイスに座っている。その対比は、あたかも終戦直後の昭和天皇とマッカーサーの写真を見るようで、またそぞろに涙が誘わ

*78

＊78［終戦直後の昭和天皇とマッカーサーの写真］　その後の日本の首相と各国首脳との写真も、似たようなものではある。

女もおる現役海兵隊員の前
で敬礼をかます退役曹長。

現役と退役の両軍人にはさまれて上陸海岸を駆けのぼるアメリカの奥様。

いまだ一万柱近くの遺骨が
収集できないでいる。
陽気なアメリカ人の間で
静かにお経が流れた。

漢字が読めないのか、戦没者慰霊碑に気軽にヒジを置くアメリカ軍人。

れるのであった。

やがて、その老婦人の名前が読み上げられた。「ウィドウ・オブ・ジェネラル・クリバヤシ」。私は耳を疑った。栗林中将の未亡人なのであった。演壇に立った彼女の声はかすれ、聞き取りにくかった。だが、それまでざわめいていた会場は水を打ったようになり、現役も退役も、米兵たちは姿勢を正して彼女の声に聞き入るのであった。日本側の席からは、ときおりすすり泣きの声が聞こえてくる。

「魂魄《こんぱく》となるも誓って皇軍の捲土重来《けんどちょうらい》のさきがけたらんことを期す」

あたかも、栗林中将の魂魄がこの決別の電文のとおりに現れ、さしもの勝者たちをも粛然とさせたかのようであった。

式典が終わると、日本側は、慰霊碑を巡る。私も持参した花束や一升瓶を捧げた。皆が捧げる線香がたちまちうずたかく積み上げられる。またすすり泣きの声が流れる。

米軍側はといえば、あちこちで記念写真を撮りまくっていた。ノルマンディーの時のように、当時の軍服を着たオッサンもいる。私も旧軍の軍服を着てくればと切歯扼腕《せっしやくわん》したのであるが、最近では私のこうした意図はたちまち事前に見抜かれていて、「宮嶋さん、国際問題になるから、それだけはカンベンしてくださいね」と、しっかりクギをさされていたのであった。

最後に登ったスリバチ山には星条旗と、日章旗がはためいていた。なぜか、日章旗の方が小さいことを、私のスルドイ目は見逃さなかった。夕刻前には、ここで海兵隊によるセレモニーがあるという。我々はその前に立ち去るので、どうせ勝ち誇った無遠慮な式典をするのだろう。私は単身残置諜者として残り、そのありさまを報告すると主張したが、ほとんど引きずられるように輸送機の方へと連行されていくのであった。今回の防衛庁側の打合せで「宮嶋を置いていくことだけは容赦されたい」と硫黄島駐屯部隊からの懇請があったと伝え聞くが、真偽の程は不明である。

C－130の窓の下で、硫黄島はどんどん小さくなっていった。下ではいまごろは華やかなパーティーがひらかれているのであろう。私の豊富な戦地の経験から言っても、米軍のあの無遠慮さは毎度のことである。それよりも、私には、日本側の対応の方が気になった。入間基地から輸送機に乗る時、私の持った花束を見て、外務省のお役人は真顔で言った。「それ、なにかパフォーマンスに使うんですか」。彼らには、もはや米軍の無邪気な示威の意味すら、わからないのかもしれない。ホントにこの国は大丈夫であろうか。

気がつくと私は、栗林中将の作られた和歌を呟《つぶや》いていた。

醜草の島にはびこるその時の
　皇国の行手一途に思う
決別の電文の最後に、そうあった。

［番外編］富士山麓にオウム鳴く！

不肖・宮嶋、恥多き人生を生きてきたとはいえ、その中でただひとつ磨かれてきた物がある。

それは、正邪を見分ける動物的カンである。

今を去ること六年前、私の杉並の六畳のアパートのまわりをウロウロしはじめたその集団を見て、私のアンテナが震えた。

たとえ、ゾウさんのかぶりものをしていようと、髪の長いオネーチャンたちがそこそこ美しかろうと、真ん中で威張っている薄汚いヒゲのデブが、一見マヌケであろうと、私はその集団の中に、明らかにアヤシいものを感じたのである。彼らこそ、オウム真理教であった。私が、単にカンボジアで乞食をしたり、ルワンダで難民になったり、ロシアで戦車のケツを撮っているだけの男と信じているヤカラは、すみやかにポア*79されるであろう。実はこの宮嶋、日本でもっとも長く、オウムと戦ってきたひとりなのである。

こいつらはアヤシイと感じた私は、さっそく、いまやすっかり有名になった、当時の『週刊文春』グラビアのNデスクに取材を進言した。金に汚い、もとい、厳しい彼の返答は、例によって「勝手にやれば」であったが、自らのカンを信じる私は、富士宮の総本部で張り込みを開始したのである。その頃、すでに住民との摩擦は始まっていた。交通事故は起こすわ、騒音は出すわ、対話はしないわ、その後起こったトラブルの芽は、すでにすべて出そろっていた。報道陣群れ集う現在からは想像もつかないが、私はたった一人で、総本部近くのお好み焼き屋[*80]の駐車場に車を止め、双眼鏡片手に張り込みを始めた。その三日目のことである。

総本部入口にタクシーがとまり、背広姿の数人がおりてウロウロしはじめた。どうも、オウムにはそぐわない。近づいていって名刺を貰うと『横浜弁護士会』[*81]とある。なぜ、

＊79【ポア】 かわいい語感にダマされてはいけない。オウムが人を殺すことを言う。地下鉄サリン事件の被害者を「シバ神にポアされて良かったね」と麻原が言ったのは有名。

＊80【総本部近くのお好み焼き屋】 味覚というものが欠如している宮嶋は、たいていの食事をお好み焼きですます。ちなみに、Nドケチ・デスクがもったいぶって「今日、接待してやる」というのも、必ずお好み焼きである。

＊81【『横浜弁護士会』】 坂本弁護士が所属していた。もっとも早くからオウムの危険さに気づいていたスルドい人たちの集団。オウム事件に関して、テレビ・スターを輩出。

オウムに横浜の弁護士が？　その日、夜まで張り込みを続けた私は、近所で唯一の公衆電話まで行くと、その疑問を電話の向こうのNデスクにぶつけた。「ちょっと待て。おまえ、今、どこにおるんや」「どこって、オウムの総本部の前でっけど」「どアホーッ」いきなりNデスクの怒声が響いた。「すぐその場から離れろ！」「なんででっか？」「じゃかあしい！　とにかく人のおる方へ三キロほど逃げて、そこからもう一度電話せい！」

キツネにつままれたとはこのことであろう。私がどこでのたれ死にしようとも、おそらくは密かに私にかけているであろう保険金を受け取り、口を拭っていそうなNデスクにしてこの動揺ぶり。だが、次の電話で編集部に戻った私は、夕刊紙に躍る大きな活字を見て何が起きているのかを知ったのである。私がお好み焼き屋で世間から隔絶している間に、坂本弁護士拉致事件が起きていたのであった。そして、その犯人と目されているのがオウムなのであった。私はそんなことはなーんにも知らずに、そのオウムの巣窟を一人で張り込んでいたのであった。

こうなると、手のひらを返すのはいつものNデスクの常である。「やっぱり、オレの思ったとおりやったな、宮嶋。先見の明っちゅうやっちゃ。よし、ガンガン、オウムやらんかい」なんという切り替えの素早い頭脳であろう。三日前の「勝手にやれば」など、もう彼の記憶の中には存在しないのである。「タイトルはもうきまっとる。『富士山麓にオウム鳴く』や！」いまでこそ使い古されたギャグであるが、六年前に既にこれを思いついていた一人の偉大な編集者がいたことを、私は記録しておきたい。

いよいよ初陣の時来る。忘れもしない、私とオウムとの初めての直接対決は、八九年の十一月であった。Ｎデスクの命令により、総本部の内部を撮るべく四メートルの脚立を積んで出撃した私とＭカメラマンは、たちまち信者たちに取り囲まれた。脚立の下は信者で埋め尽くされ、下りることもできない。群衆の中から、スキンヘッドの目つきの鋭い男が叫ぶ。「お前は覗き行為をしている。民間人である我々も緊急逮捕できるんだぞ」今思えばそれが、自治大臣ミラレパこと新實智光であった。このまま中へ拉致されれば、二度と外へは出られないであろう。今ほど彼らが凶暴とはまだ知られていなかったが、私のカンがささやいた。こいつらはホンマにヤバイ。マズイ！「Ｍさん、――一一〇番や！」Ｍが電話へダッシュする。新實も「こっちこそ一一〇番しろ！」と叫んでいる。見回すと群衆の中に、ひときわ目立つ女がいた。今思えば、それがケイマ正大師こと石井久子女史であった。やけにガタイの大きなヤツもいた。今思えば、それが元自衛官の田辺三兄弟であった。信者たちは私を追い詰めながら、ヘラヘラと笑っている。しきりにビデオやカメラを私に向ける。今では見慣れた光景だが、その時は「なんじゃ、こいつら」という感じである。新實に至っては、私のカメラに向かってピースサイン[*82]をしている。

＊82【私のカメラに向かってピースサイン】『週刊文春』のトップを飾った、あまりに有名な写真。（二一七ページに掲載）

やがて、パトカーがやって来た。それと同時に、あたりが静まりかえり、あたかも映画『十戒』の、モーゼが紅海を割るシーンのように人波が割れた。真ん中を、小汚いオッサンが歩いてくる。「刑事課長さんはいますか」。奇妙になまりのある声を張り上げる。信者たちが雷に打たれたように硬直しているのを、私は悪夢を見るように眺めた。

それが、戦後最大の犯罪者、麻原彰晃と私との初対決であった。

先方からも通報があったからとのことで、一応私とMさんはパトカーに乗せられて富士宮警察署に連れていかれた。取り調べといっても形だけである。「あんたら、どうして中へ拉致されてくれなかったの。そうしたら、私らもあそこへ踏み込めたのに」ムチャクチャなことを言う刑事である。だが、そこには、心証真っクロなのに、捜査の手を出せぬ無念さが滲んでいた。とにかく、私も警察に捕まった以上、Nデスクに報告せねばならぬ。

「なんじゃ！　この朝っぱらから」寝ていた彼は極めて機嫌が悪かった。「あのう、誠に申し上げにくいんですが」「ほな、言うな！」電話を切ろうとするのを慌てて「実は、捕まりました」「誰にや？」「オウムと警察にです」「両方にか？」「ハイ」「どアホ！」ガチャン。

ろくな写真も撮れず、包囲されるわ、警察に捕まるわ、オウムとの初戦は私の完敗であった。だが、不肖・宮嶋、打たれれば打たれるほど燃えるのは、明石の火打ち石と言われた幼少の頃からのさがである。敵にシバ神の加護あらば、私には高天原にまします八百万《やおよろず》の神がついている。ここに、私はオウムを生涯の敵とし、倶《とも》に天を戴かぬ決意をしたのであった。

だが、その決意を挫《くじ》くような恐るべき事件は、その週の『週刊文春』が発売された直後に起きた。見事完敗した私の写真に代わって、そこには坂本弁護士のアパートを撮ったSカメラマンの写真が掲載されていた。つまり、この時点までに、『週刊文春』でオウムに関わったのは、私の他に、ペンではむろん江川紹子さん、カメラでは私とMさん、それにこのSカメラマンだけであった。なぜ、ここで確認するのかは、以下を読んでいただけばわかる。

雑誌の発売日は、私にとって久々のオフである。戦士の休息は、常に洗濯にあてられるのであった。わが尊敬するゴルゴ13は、オフにはホテルのプールサイドできれいなねーちゃんを侍《はべ》らしてタバコなどくゆらしているが、それは命の洗濯である。私の洗濯は、たまりにたまった下着の洗濯であった。しかも、私の洗濯機は、二槽式のおそろしく面倒くさいシロモノであった。洗いとすすぎごとに、水を入れ替えねばならぬ。

私は、アパートの外においてある洗濯機から一旦中身を取り出し、次の水をためるべく蛇口をひねって、室内に戻った。

その間、五分。再び外に出た私は、妙なものを見つけた。ドアのポストに、なにやら書類のタバがねじ込まれているのである。「なんやろ、出張マッサージのビラにしてはぎょうさんな……」と、一枚を手に取った私の背筋を冷たいものが走った。

宗教弾圧反対、消費税廃止……
信じられんことに、思いっきりブリッコのスローガンをかかげてイケシャーシャーと真っ昼間、麻原彰晃マーチをかけて渋谷をデモ行進。

あのオウム・シスターズに囲まれ、白のBMWのオープンカーで御満悦の戦後最悪の犯罪者。

麻原逮捕の日。雨中、中央自動車道を疾走する護送車をマスコミのバイクが追走する。「ここは鈴鹿かＦ１か？」歩道橋にはこんなにもギャラリーが……

ピースサインをするのは新實被告。「くわばら、くわばら」

それは、オウム真理教のビラだったのである。さきほど、部屋へ戻る時には、それは間違いなくなかった。周りの部屋のポストを見るが、ほかはどこにもビラはない。私が中にいる五分間に、しかも、私の部屋だけに大量のビラがねじ込まれたのである。あわてて道路へ飛び出し、あたりを窺うが、もはや人影もない。

その時である。電話が鳴った。私はビクッとして受話器をとる。声を聞いてほっとした。Nデスクであった。「おい、なんでワシの電話でビビるんや」私は、今しがたの出来事を話す。しばらくの沈黙。次に話しだしたNデスクの声は、これまでに聞いたことがないほど緊迫したものであった。

「ええか、宮嶋。いますぐそこを出て、編集部へ来るんや」「そやけど、まだ洗濯が……」「アホ！　洗濯と命とどっちが大事や。すぐに来い！」

編集部に着くと、M、Sの両カメラマンも来ている。きょとんとしている私たちに、Nデスクが説明した。

「オレの所には、宮嶋と同じくビラがねじ込まれた。Mさんの所には、これまで一度もこなかったオウムの宣伝カーがやってきた。Sさんのところに至っては、マンションの入口から部屋まで、ドロの足跡がつけられ、ドアにドロが塗りたくられた。これが、すべて発売日に起きたことや。どう思う？」

私のブキミなカンは当たっていた。やはり、オウムの警告であった。その時は、どうやってこんなにスグに我々の住所を突き止めたのかわからなかったが、今思えば、松本剛のようなNTT職員を使ったのかもしれない。

「キミたちの安全は、私の責任である」

厳しい表情で、Nデスクが続ける。

「しばらく、自宅には帰らぬほうがいい。妻子のあるMさんとSさんは、実家に帰しなさい。そして、キミたちには、とりあえず潜伏するためのホテルをとってある」

ああ、なんという責任感、なんという部下思い。武士は己を知る者の前に死すという。ドケチだのスケベだの、これまでNデスクを誤解してきた自分を私は恥じた。それにしても、どこに潜伏するのであろうか。編集部の近くと言えば、ニューオータニか、赤坂プリンスか、はたまたオークラか。シブい、シブすぎる。追手を逃れて、ひとり潜伏するジャーナリスト。昔小説で読んだ世界が、今実現しつつあるのである。食事は、すべてルームサービスであろう。「今、オークラにいるんだ。いや、事情はちょっと話せないが、危険で外へ出られないんだ。君だから頼むんだが、実は持ってきて欲しいものがある……」女を呼び込む電話はこれであろう。私のモーソーを破ったのは、次のNデスクの言葉であった。

「さて、じゃ、行こうか。もう部屋とってあるから。みんな一緒の部屋だし」

みんな一緒？　何か違う、と私は思った。行ってみると、それは編集部の近くのビジネスホテルで、修学旅行のガキが走り回っていた。一泊はオークラの五分の一くらいの値段だった。バス、トイレ共同？　何か違う、と私は思った。部屋に入ったNデスクがである。

叫ぶ。
「さあーて、と。男四人でこんなところですることと言えば、センブリでもこくか！」
何か違う、というよりも私は耳を疑った。不肖・宮嶋、一人でセンズリをこくことはあっても、集団でこく趣味はない。「私は遠慮……」と言いかけた私の前に、Nデスクが投げ出したのは、トランプであった。センブリとは、セブンブリッジのことだったのである。

それからの修羅場を私は思い出したくない。後年、監禁されて、ビデオを見せられ続けるだの、何日間もぶっ続けで起きていさせられるだの、教団内部での酷い実情が次々と明らかにされるたびに、私は呟《つぶや》いたほどだ。「いや、まだ甘い。あの地獄に比べれば……」である。

なにしろ、雇い主であるNデスクが、その部屋にずっと陣取り、賭場を開いているのである。張り込みに行き、ヘロヘロになって帰っていく先が、賭場なのである。これを地獄といわずして何といおう。その日のギャラはすべて、その夜のうちに消えていくのであった。もっとも悲惨なのは、Sカメラマンであった。連敗につぐ連敗の結果、ついに破産したSさんは「命くらいオウムにくれてやるわい」と叫ぶと、我々の腕を振り払って、外界へと消えていったのであった。

オウムのせいで破産したのは、出家信者だけではないのである。

私とオウムとの戦いは、まだまだ続いた。この年の暮れには、坂本事件の事情聴取から逃れるためか、麻原たちはヨーロッパへと脱出した。追跡を具申した私だったがNデスクに「勝手にすれば」といわれ、金がないのでシベリア鉄道で追跡[*83]した結果、ドイツに着いた時には、彼らはもう帰国して、記者会見を開いていた。総選挙も追っかけたし、熊本県波野村や山梨県上九一色村への進出をめぐるトラブルも取材した。もっともヤバかったのは、石垣島でのカネ集めセミナーへ潜入したときであった。一緒に潜入[*84]した江川紹子さんが発見され、信者に取り囲まれた。辛うじて脱出したものの、「こいつら、なんでもやる集団や」そういう確信を、私はますます強めていった。ちなみに、この石垣島セミナーのとき、酷暑の石垣島空港で、早川はナゼか軍手をはめて、公衆電話をかけていた。坂本事件のあと、指紋を消したという報道がなされている昨今、思い出すと興味深い。

オウムを追うマスコミも次第に増えて来た。松本サリン事件、地下鉄サリン事件。もはや、それは、一カメラマンがコツコツと追う事件の規模を超えていた。なんだか、少し寂しい気持ちもしたが、私はそのつど、なんらかのかたちで、報道陣の中にいた。

＊83［シベリア鉄道で追跡］一週間の間、宮嶋は情報孤児であった。

＊84［一緒に潜入した江川紹子さんが発見され、信者に取り囲まれた］麻原たち幹部は豪華ホテルに泊まり、一般信者たちはテント生活だった。そのテント村に入りこんだところを発見され「今、江川紹子が来ています。顔を見てやりましょう」と、拡声器で呼びかけられた。集まってきた信者たちに取り囲まれ、一触即発の危機であった。

九五年五月十六日。私は第6サティアンの前に張ったテントにいた。ロシアへの出張から帰国後すぐに、麻原の逮捕状が出され、その足で駆けつけた私は、まったく眠っていなかった。しかし、六年にわたるこの戦いの終幕を、私は是非この目で見たかった。雨の中、何百という報道陣が詰めかけている。思えば六年前、富士宮総本部で張り込んでいたのは、私一人であった。

「長かった、本当に、長かった」暗い空に向かって呟く。やがて、九時四十五分。麻原逮捕の一報が入る。

報道陣がざわめく。霧の向こうから、ゆっくりと日産キャラバンが現れる。その中には、原宿のパフォーマンスの真ん中で、杉並の道場の開票速報を伝えるテレビの前で、富士宮の総本部の信者たちの中で、スリランカから帰国した夜の名古屋空港で、*85 私のファインダーを睨《にら》み付けた男が座っているはずであった。

カメラマンたちが、車に群がる。だが、私は、これまでに撮った数万枚を頭の中で巡らしながら、いまのその瞬間を、自分自身の網膜にやきつけていた。

それは、私がオウムとの無間地獄から、最終解脱した瞬間であった。

＊85【スリランカから帰国した夜の名古屋空港で】 エアランカ航空の対応が悪いといって、麻原が機内で暴れ出し、飛行機が一度コロンボへ戻るというオマケつきであった。「そーゆーヘンなヒトたちであると、あのころ気がついているべきだったんだよなあ」

あとがき

不肖・宮嶋、今はただ感涙にむせぶのみである。私のような無知蒙昧《むちもうまい》にして精力絶倫なカメラマンが、このような立派な本を世間に出すことができるとは。

あまりに多くの方々の犠牲、もとい協力のもとに、この本はできあがった。末尾ながら、いくばくかの紙幅をもって、その方々にお礼を申し上げたく、また、このような本が出ることもお知らせしたく、改めて皆様に連絡を差し上げた。その折りに、皆様からいただいたお言葉と、それぞれの近況をご報告して、あとがきにかえさせていただきたい。

まずは、出版界のシャイロックこと、元『週刊文春』グラビアデスクのN氏である。彼は、『マルコポーロ』へ異動し、私をノルマンディーと北朝鮮へ送り込み、そのあと見事に『マルコポーロ』ともども玉砕した。まことにアッパレな散り際、と感嘆しているると、なんと『週刊文春』のデスクとして復活して今やインテリ女の読む『クレア』の編集長である。なんという執念、なんという生命力。まさに、出版界の不倒翁《ふとうおう》と言えよう。ひとこと近況を、と尋ねると「本が出るんか。それで、ワシにはなんぼ入るんや」。たとえ日本がサリンで全滅しようとも、この人だけは生きつづけるであろう。

防衛庁の方々には、本当にお世話になった。本来なら、全員の近況をお知らせするべきだが、紙幅の関係で、拙作にファンレターが来るほど人気のあったお二人についてご紹介する。

まずは、森田二佐である。私をあまたの死地に送り込み、みごとに梯子《はしご》をはずして来た彼は、まず装備部装備計画課というところに異動になった。私を何度も殺しかけたせいで左遷かと思ったら、大栄転で部内では「宮嶋一匹で、数億円の広報効果があったための栄転」と言われているそうである。お電話差し上げると「書きたいこと書きやがって。オレは無実だ！」と叫んでおられた。そのあと、今度こそ北海道にみごと飛ばされた……と思っていたらまたしても今度は市ヶ谷の新庁舎に舞い戻られた。現在は一佐に昇進され、陸幕の募集課で私をだまくらかしたその口先で今度は優秀な青少年を甘言を弄し自衛隊に勧誘されておられる。

「タケオのゲッペルス」こと太田三佐であるが、彼は二階級特進したかと思うと、何と陰謀うずまくイランに在テヘランの駐在武官として赴任されていたあと、内地に戻られた。

天涯孤独の私といえども、親もいれば別れた妻もいる。この本では、そうした人々も登場させ、迷惑をおかけした。老母に刊行の事を電話すると、彼女は泣きながら言った。

「茂樹、あんたの記事が出るたびに、とうちゃんと風呂敷かぶって外あるいとんのやで。最近では、観光バスがうちの前に止まって、みんな石投げはるんや。お願いやから、まともになって、早く帰っておいで」

わしは出家信者か。別れた妻には、何度も登場ねがいながら、ついに電話をする勇気がなかった。この場を借りて、呼びかけたいと思う。

「ミワコ！　今からでも遅くない。帰ってきて部屋の掃除をしておくれ。もう、部屋には女は連れこまんと、わからんとこでやるから。病気もうつさんから！」

その他、登場の皆様には、一人残らずご連絡を差し上げ、私の記事のせいで、ご迷惑をおかけすることにならなかったか伺った。幸い、皆様、さまざまな有為転変はあっても、健やかな日々をお送りであった。これは、なによりのことである。世界中のアブナいところを、裸同然で走り回っていると、この当たり前のことが、いかに貴重かがよくわかる。ところが昨今、この当たり前のことすら、この国においてアヤシくなってきた。拙著の中のオウムとの戦いは、まさにその過程でもあった。

『スコラ』のイトー氏は、相変わらず軍事オタクを続けており、その後私と組んで婦人自衛官写真集で一儲けしたが、あっさり版元のスコラは倒産し、私の写真集は絶版となった。一緒に北朝鮮に行ったKは、阪神大震災で実家の病院が潰れたものの、チュチェ思想のおかげで一命は助かったそうである。さすがは偉大なる首領様と、親愛なる指導者同志の御利益である。

そうそう、こうやってひとりのこらずその後の行く末を伺ったなかで、ただ一人、その後の運命が不明なヒトがいた。

北朝鮮での私たちのお目付役で、Ｋに金日成バッジまで授与しながら、帰国後私に『マルコポーロ』でむちゃくちゃ書かれた、公安の「課長」さん。彼の消息は、杳《よう》として知れない。

不肖・宮嶋茂樹

皇紀二六六一年如月　ハワイ・ホノルルにて

都内某所の自宅にて。手にする拳銃はモデルガンだが、ホンモノの銃もある。「腕前はゴルゴ13か宮嶋か、との噂もある。しかし警察庁長官を撃ったのは私ではない。断わるまでもないが」(撮影・加藤孝)

解説

勝谷誠彦

今でこそ達意にして抱腹絶倒の文章を、ご自分でお書きになる宮嶋茂樹先生だが、この本の親本の時は、私が及ばずながら構成をさせていただいた。そんなことは、奥付のクレジットを見なければ分からないことであり、知らぬふりをして「なんという素晴らしいリズム感あふれる文章だ。もはやこれは天才としかいいようがない」などとオノレの文章を褒める解説を書いてもいいのだが、宮嶋先生と違って度胸のない私はちゃあんとここで告白してしまうのである。

では何を解説するのか。文章について書けぬとなれば、解説の対象はただひとつ。宮嶋茂樹なる存在についてである。

世間には私と宮嶋先生が御神酒徳利《おみきどつくり》のようにいつも一緒にいるかのように誤解しているヒトがいるようだが、そんなことは全くない。私がマネジメントを吉本興業に委託した時には「ザ・不肖ズ」としてデビューするという噂も飛んだが、ますますもってあり得ないことである。別に仲が悪いわけではないが、まあ電話をすることが年に何回か、会うのは一、二回というところであろう。

　そんな彼が三日前、突然電話をしてきたのであった。私がこの原稿を書くことを察知し、ヤバいことを書かれぬようにクギを刺すためかと思ったが、さにあらず。引っ越し祝いをするから来ないかというのである。

　すっかり有名になったつつみ荘からほど近く、大家にとっては迷惑なことに「新・つつみ荘」と名付けられた新居は見たところ一戸建て。ドアを開けた私は異様な雰囲気に立ちすくんだ。六畳間の真ん中に鍋が置かれ、そのまわりをムサ苦しい男たちが取り囲んでいる。まるで、学生下宿のヤミ鍋である。彼らは、みんなカメラマンであり、ここに爆弾が落ちれば世の淫乱タレントや悪徳政治家はさぞかし安堵のため息をつくであろうという、一見必撮の戦士たちである。それが、下ネタを飛ばしながらモソモソと肉をほおばっているのである。

「おーい、もっと肉や！」

　宮嶋先生が、台所に声をかけた。すると、

「はあい」

　なんと女性の声が答えるではないか。おおっ、やっとオネーチャンの登場か、と刮目《かつもく》して見ていると……現れたのは、宮嶋先生のご母堂であった。先生は三十九歳にもなって、仲間と宴会をやるのに、なんと明石から老母を呼びつけて料理を作らせていたのであった。

しかし、その時私は、笑うより先に宮嶋茂樹というものについてのナニゴトかを考えてしまったのである。

母親に給仕をさせて、仲間とスキヤキを食う宮嶋先生。奇妙な既視感を伴う風景であった。止まっている時間。

それは悪ガキたちの風景であった。

そう。なあんにも変わっていないのである。

明石の原っぱに火をつけて消防車騒ぎを起こした悪ガキのころから、宮嶋茂樹先生はまんまなのである。まっとうな本の解説ならここで「いつまでも少年の心を持つ」なんぞと書くのであろうが、そんなケッコウなものではない。金日成の銅像の前で手を挙げて写真を撮るのも、麻原を執念で追っかけるのも、要するに子供が「うっそお。かっこええ。やってみたろ」と考えて即行動に移すアレなのである。

先生はよく「シップー」と叫ぶ。「かっこいい」の明石弁である。先生の生きざまは、子供が「シブい」か「シブくないか」でとっさにモノゴトを判断する時代で止まっているのである。ちなみに先日、金日成の銅像の前で同じことをやったアメリカ人はとっつかまったそうである。先生の悪ガキ的な思いつきで彼の写真を撮らされた「K」こと私が紅粉船長にならなかったのは、単に運が良かっただけだったのであった。

類は友を呼ぶ。この六畳間に集まっているカメラマンたちもまた、悪ガキで時を止めた男たちである。宴たけなわになって、やってきたのは本書の中にもしばしば登場する

「出版界のシャイロック」Nドケチ・デスクであった。すっかり髪は薄くなったが、彼も今や押しも押されぬ『クレア』編集長である。そのドケチ根性で経費を削減し、ついにクレアを黒字にしたのだから、ドケチ道も極めれば出世に繋がるのである。しかし、この人も変わっていない。相変わらず宮嶋が海外に行けば「土産は時計でええぞ」とタカっているのである。やはり悪ガキ中年なのである。

そう思って、本書を読み返すと、登場するのがそうして自分の中で時を止めた人々ばかりであることに気づくではないか。

世間の時はながれ、立場は変わる。しかし、生きる上のどこかで決意したことを、不器用なまでに押し通していこうという点において、自衛隊の人々も、宮嶋先生の同僚たちも、皮肉なことに北朝鮮の国家に忠誠を誓った人々も、更には脇役の編集者たちまで、なんと生きざまが似ていることか。

この本に書かれた事件や出来事は、もうずいぶん前のことが多い。しかし、今読み返しても、まるで昨日起きているかのように新鮮である。それは、まさに今目の前でスキヤキの肉をめぐって争っている宮嶋先生とお仲間のように、いかに世間が変わろうとも生きるという形を変えない、いや不器用にも変えることの出来ない人々を中心にめぐる物語だからなのではないか。

いや。そういう生き方を選ばなかったカタギの人々ですら、本書の中では「剝き出しの自分」を見せざるをえなくなっている。宮嶋先生が彼らと接するのは、辛い場所が多い。レンジャー訓練にしても、雪中行軍にしても、震災の現場にしても、先生もだが、ほかの人々も追い詰められたギリギリのところで生きているのである。私たちが普段身にまといすぎている余計なものを削ぎ落として、裸同士で向かい合っているのである。長く生きることによって、ひとは見栄や欲得やしがらみという垢のようなものをまとい、分厚い布の上から互いに触れ合うような付き合いを余儀なくされている。そうしたものがまだへばりつく前の、それこそ「シップー」だけを基準に生きていた悪ガキのころに比べると、日々は持ち重りしている。

しかし、極限にあっては人は裸にならざるを得ない。ガキのころに戻らざるをえない。そこへ天然悪ガキの宮嶋先生が行けば、ひとはみな何十年か前に置いてきた部分が感応して、おもわず仲良くなってしまうのである。

宮嶋先生の魔力であり魔術であり魅力は、おそらくそのあたりにあるといっていい。ちなみに、先生の悪ガキぶりは、昨今のうすよごれた悪ガキとは対極にある。何故か。先生が「シップー」と並んでよく口にする言葉がある。「そんなことしたらあかんで」。いわば、悪ガキとしてのルールである。昔ならガキ大将が新参者に仕込んだことである。大人の文字にするならば人間としての誠であり、踏むべき道である。

ただそれだけを掲げながらあとは縦横無尽に生きる宮嶋茂樹先生が、今日のように爆発的人気を得るのは、当然であろう。

今回、本書が文庫化されることによって、こうしてなぜ宮嶋先生の冒険が古びないのかをひとは考える機会を得た。文庫になって、新しい読まれ方をするということは、本にとってまことに幸せなことである。

正直いって、著者の宮嶋先生も構成者の私も、そんなことはちいとも考えてもいなかったことを、ここに正直に告白しておく。

しかし、今こうして位置づけてしまえば、後世にはひょっとしてそういう評価を受けるかもしれないのである。

悪ガキ宮嶋茂樹先生はいつもこう言っておられる。

「そんなん、やったもん勝ちでんがな」


（コラムニスト）

【初出一覧】

史上最低の作戦 ノルマンディーに上陸しました！……「マルコポーロ」一九九四年八月号
敵中縦断八十里 北朝鮮に潜入せり！……「マルコポーロ」一九九四年十二月号
モザンビークPKOに突撃！……「週刊文春」一九九四年二月十日号
CIA秘密訓練センターに潜入せり！「今ここにいるバカ」……「スコラ」一九九五年一月十二日号
エリツィンに会う。……「週刊文春」一九九五年五月二十五日号
ギャルを尻目に雪上行軍す。……「セキュリタリアン」一九九三年三月号
「名誉レンジャー隊員」を拝命す。……「セキュリタリアン」一九九三年八月号
バルジ大作戦に参戦す。……「セキュリタリアン」一九九三年十二月号
地獄の「八甲田山死の彷徨」……「セキュリタリアン」一九九四年四月号
硫黄島の英霊と酒を酌み交わす。……「セキュリタリアン」一九九四年八月号
九州のタケオを完全行軍す。……「セキュリタリアン」一九九四年十月号
「沈黙の艦隊」ニ完敗セリ。……「セキュリタリアン」一九九五年六月号
故郷復興に挺身す。……「週刊文春」一九九五年三月二日号
「再占領」下ノ硫黄島ニ飛ブ。……「週刊文春」一九九五年三月三十日号
富士山麓にオウム鳴く！……「週刊文春」一九九五年六月十五日号

単行本 一九九五年七月 太田出版刊
企画構成・勝谷誠彦

文春文庫 PLUS

不肖《ふしょう》・宮嶋《みやじま》　史上最低《しじょうさいてい》の作戦《さくせん》

2001年4月10日　第1刷
2007年4月25日　第5刷

著　者――――宮嶋茂樹《みやじましげき》
発行者――――村上和宏
発行所――――株式会社文藝春秋
東京都千代田区紀尾井町3-23　〒102-8008
電話　03-3265-1211
文藝春秋ホームページ　http://www.bunshun.co.jp
文春ウェブ文庫　http://www.bunshunplaza.com

印　刷――――大日本印刷
製　本――――加藤製本

落丁、乱丁本は、お手数ですが小社製作部宛お送り下さい。送料小社負担でお取替致します。
定価はカバーに表示してあります。

ISBN4-16-766014-8

文春文庫

文春文庫 PLUS

岩下久美子
人はなぜストーカーになるのか
日本におけるストーカー研究の第一人者が、ストーカーの行動と心理を解き明し、万一、ストーカー被害にあった時に備え、新たなストーカー規制法を駆使し、正しい対処法を伝授する。
P10-1

片山かおる
お受験
わが子を名門小学校に入学させたい！　五歳児を〝お受験〟に駆りたてる親たちの本音は何か？　〝お受験ママ・パパ〟40人を徹底取材し、幼稚園・小学校受験の実態を探る異色のルポ。
P10-2

宮嶋茂樹
不肖・宮嶋　史上最低の作戦
不肖・宮嶋、死んで参ります！　ノルマンディー上陸、自衛隊ＰＫＯ突撃、北朝鮮潜入、上九一色村のオウム……。世界の危険地帯を駆け巡る我等が「不肖・宮嶋」の、体当たり転戦ルポ。
P10-3

宮嶋茂樹
不肖・宮嶋のネェちゃん撮らせんかい！
愚挙か、偉業か、本能か？　美女を求めて硝煙けぶる戦争真っ只中のボスニアへ。親兄弟や恋人を殺されたかも知れぬ若き美女に「水着になれ！」と言って撮った「原色美女図鑑」撮影記。
P10-5

宮嶋茂樹
不肖・宮嶋の一見必撮！
チェチェンニテ一人相撲スの巻
現場がワシを呼んでいる——。法の華。少女監禁。上九一色村。沖縄サミット。そしてチェチェン。「不肖」宮嶋茂樹が「週刊文春」を舞台に全世界を駆けずり回ったお笑い撮影記第三弾。
P10-10

宮嶋茂樹・大倉乾吾
不肖・宮嶋＆忍者・大倉　一撮入魂！
拘置所で歩く麻原彰晃、金正日のあまりに薄い後頭部、山崎拓の深夜密会など、「週刊文春」のスクープ写真に命をかけたカメラマン二人組が、召し撮った「成果」のウラ話を一挙公開。
P10-12

（　）内は解説者。品切の節はご容赦下さい。

盲導犬クイールの一生
秋元良平写真・石黒謙吾文

TVドラマや映画化もされ、大反響を呼んだクイール。生後すぐから九八年に亡くなるまでを、写真と文章でたどった記録。秘蔵写真二十七点も追加され、あの感動を再び！（多和田悟）

P10-13

老人と犬 さくら苑のふれあい
秋元良平写真・高野瀬順子文

ラブラドールのヘレンとマリー、シャム猫のルイ。老人ホーム「さくら苑」では、お年寄りと動物が一緒に生活している。動物と老人のあたたかい交流を、モノクロの写真と文章で綴る。

P10-15

パピーウォーカー
石黒謙吾

将来、盲導犬になるように、生まれたばかりの仔犬を約十カ月間、一般家庭で育てるパピーウォーカー。仔犬と人との、愛情と信頼に満ちた幸せな日々を、たくさんの写真とともにおくります。

P10-16

犬のセーター
伊藤和

犬好きのデザイナーが飼い主必読の犬の健康保持、飼い方、犬種のうんちくにも触れながら、お父さんのトレーナーや雨傘などをリフォームして簡単で機能的な犬服を作る。縮小型紙付。

P40-12

ねこの肉球 完全版
板東寛司写真・荒川千尋文

人気キャトグラファーと猫エッセイストによる可愛い肉球写真百二十点と猫話三十篇。また千匹の猫のデータをもとにした肉球占いでは、猫、飼い主、周りの人々の運勢、性格、相性を占う。

P40-11

スーパーモデル猫プリンちゃん ネコのお洋服屋さん
板東寛司写真・荒川千尋文

目指すはパリ・コレ！ プリンママ制作の猫服を着て、カメラ目線でポーズをとるモデル猫プリンちゃんと幸太郎くんの活躍ぶりを三年間追っかけ取材。キュートなカラー写真百二十点掲載。

P40-18

文春文庫

文春文庫 PLUS

品切の節はご容赦下さい。

板東寛司写真・荒川千尋文
となりの猫の晩ごはん
簡単レシピつき写真エッセイ集

好物はお日様印の日向水？　カニカマ金魚ゼリー！　ヒト用お取り分けレシピも揃え、ハッピーな猫ごはん十五種紹介。百匹のおねだり顔、ぽんぽこお腹の寝姿写真他、猫まんま話二十篇収録。

P40-20

寒川猫持
猫とみれんと
猫持秀歌集

尻舐めた舌でわが口舐める猫好意謝するに余りあれども。自称目医者、うた詠み。妻に逃げられ、猫と暮らす著者が、過ぎし日と飼い猫にゃん吉への愛を諧謔に託して詠んだ三百八十首。

P50-13

犬丸りん
犬丸りんのオトコ部屋のぞき

カツラ、寅さんグッズ、彼女のイヤリング……。23人の独身男性のお部屋の実態と神秘に、イラストと文章で迫ります。他に、朝日新聞での連載「安心できない人々」を併録。文庫オリジナル。

P50-7

犬丸りん
うちのイキモノ様

恐竜大好き少女とイグアナ、恋人を亡くした娘と四匹の猫、美女と犬のように〝お手〟芸をする荒馬……。「生き物家族」と飼主との愛と涙、冷や汗、爆笑物語を心温かい絵と文で綴る。

P50-11

ねこぢる
ねこ神さま

31歳で夭折した天才女流漫画家の代表作が完全版に。神様にでっち奉公しているねこ神1号と2号、シャバの人々の悩みを解決しようとして、うっかり無惨な悲劇を生んでしまう……。

P60-1

ねこぢる
ねこぢるまんじゅう

双子の子猫・しろ太とくろ太はまだ見ぬお母さんを探すため、大金を背負って旅に出たが……。ねこぢる版「母をたずねて三千里」の他シュールでディープ、だけどどこかプリティな世界。

P60-2